Der Junge auf dem schwarzen Pferd

Nancy Springer

Der Junge auf dem schwarzen Pferd

Aus dem Amerikanischen
von Ursula Schmidt-Steinbach

aare

Nancy Springer
Der Junge auf dem schwarzen Pferd

Aus dem Amerikanischen von Ursula Schmidt-Steinbach
Umschlagbild von Ulrike Heyne

2. Auflage 1997

(Titel der amerikanischen Originalausgabe: *The Boy on a Black Horse*)
First published by Atheneum, Macmillan Publishing Company,
New York

Printed in Germany

ISBN 3-7260-0453-X
Bestellnummer 02 00453

Die Deutsche Bibliothek – CIP-Einheitsaufnahme

Springer, Nancy:
Der Junge auf dem schwarzen Pferd / Nancy Springer. Aus dem Amerikan. von Ursula Schmidt-Steinbach. – Aarau ; Frankfurt am Main ; Salzburg : Aare, 1996
ISBN 3-7260-0453-X

1.

Das allererste Mal habe ich ihn im Literaturkurs gesehen. Ich tat so, als würde ich Tagebuch schreiben, zeichnete aber in Wirklichkeit ein Pferd. Kopf und Hals hatte ich absolut super hingekriegt, doch den Rest würde ich vergessen müssen, das wußte ich jetzt schon. Als die Tür aufging, schaute ich hoch wie alle anderen auch, und da kam dieser fremde Junge in mein Leben marschiert.

Eigentlich ist es seine Geschichte, nicht meine. Obwohl sie irgendwie auch zu meiner wird.

Er hatte etwas an sich, das in mich fuhr wie ein Blitz. Er war nicht groß, und er sah auch nicht gut aus – sein Gesicht war irgendwie asymmetrisch, die Haut wie altes Leder, als hätte sie schon eine Menge mitgemacht. Doch etwas an der Art, wie er sich bewegte, stolz und selbstbewußt, rührte mich direkt an. Er kam ganz in Schwarz. Und das schwarze Haar sah aus, als sei der Wind durchgefahren. Und die schwarzen Augen hatten etwas Wildes. Vom ersten Moment an wußte ich, daß er mir etwas bedeuten würde. Nicht als Freund – ich glaubte damals nicht, daß ich je einen Freund oder Ehemann haben würde wie andere Mädchen, und ich glaube es immer noch nicht –, aber ich wußte, daß es mir nicht gleichgültig sein würde, was mit ihm passierte.

Mrs. Higby erhob sich hinter ihrem Schreibtisch, und an der Art, wie ihr Doppelkinn wabbelte, merkte ich, daß sie Angst vor ihm hatte. »Wen haben wir denn da?« sagte sie mit einer Stimme, die ganz oben in der Nase steckte. Mrs. Higby redete immer in der Wir-Form, als sei sie mehr als eine Person, wo doch eine von ihrer Sorte wahrhaftig genügt, vielen Dank.

Der Neue gab ihr den gelben Zettel vom Sekretariat. Sie schaute ihn an, als könne sie nicht lesen, was darauf stand. »Was ist denn das für ein Name?«

»Chav.« Seine Stimme war rauh und tief.

»Wie bitte?«

»Chav.« Er sprach es aus wie »Schah«, als sei er Herrscher über ein fremdes Land. Und so wie er da stand, aufrecht und mit stolz erhobenem Kopf, hätte er das auch sein können.

»Buchstabiere uns das mal.«

Er tat es. Sie schrieb etwas auf den gelben Zettel. »Chav.« Sie konnte es nicht so aussprechen wie er. »Und der Nachname?«

Er zuckte mit den Schultern.

»Wir brauchen deinen Nachnamen für die Unterlagen.«

Er nannte ihr einen Nachnamen, der jedoch nie sein richtiger Name sein konnte. Nur ein Erwachsener kann so einen Scherz ernst nehmen. Einige aus der Klasse lachten laut los, weil sie dachten, er sei ein Witzbold und wolle sie auf den Arm nehmen. Er lachte nicht mit – sein Gesicht hätte auch grob aus einem braunen Felsen herausgehauen sein können. Es kümmerte ihn nicht, ob die Leute lachten, und auch nicht, worüber sie lachten.

Mrs. Higby schaute ihn durch ihre Zweistärkenbrille an; offenbar war sie sich nicht sicher, ob sie ihm glauben sollte. »Buchstabiere ihn«, sagte sie.

Er tat es, ohne eine Miene zu verziehen. Mrs. Higby wußte immer noch nicht, was sie davon halten sollte, und mir ging es genauso. Was für ein Spiel spielte er? Ich fand es nicht lustig, aber ein paar Jungs aus der Klasse lagen schon fast unter den Tischen vor Lachen.

»Ruhe!« kreischte Mrs. Higby. Sie versuchte nicht länger, aus Chav schlau zu werden. »Setz dich dort hin!« befahl sie, und er setzte sich an den Tisch in der ersten Reihe, gegenüber von meinem auf der anderen Seite des Klassenzimmers. Das schwarze Haar hing ihm in die Augen. Mit einer stolzen Kopfbewegung warf er es zurück, wie ein wilder Hengst das Stirnhaar fliegen läßt.

Mrs. Higby ließ uns unsere Tagebücher wegpacken und begann mit dem Unterricht. Als Hausaufgabe hatte jeder von uns ein Gedicht zu einem Thema nach eigener Wahl schreiben sollen. Ich fragte mich, ob Mrs. Higby wohl ein Gedicht zu einem Thema ihrer Wahl schreiben könnte, wenn es jemand von ihr verlangen würde. Wahrscheinlich nicht. In meinen Augen war nicht für fünf Pfennig Poesie in ihr. In ihrem Kopf spukte offensichtlich die Idee herum, daß nur Schüler kreativ zu sein hatten, nicht sie. Um alles noch peinlicher zu machen, sollten wir nun alle unsere Gedichte laut vortragen, denn: »Ein Gedicht zu rezitieren gehört ebenfalls zur hohen Kunst der Literatur.«

Sie ging durchs Klassenzimmer und rief der Reihe nach auf. Ein paar von uns erhoben sich und sagten schauerliche Gedichte auf, um ihr zu zeigen, was sie von einer solchen Hausaufgabe hielten. Die meisten jedoch hatten ihre Hausaufgabe gar nicht gemacht; ein Grund für Mrs. Higby, auf die Klasse im allgemeinen sauer zu sein. Als sie an Chav vorbeiging, blaffte sie ihn an: »*Du* hast ja mit Sicherheit auch nichts für uns.« Obwohl er gar nichts gemacht haben konnte.

Doch Chav stand auf.

Vielleicht tat er es, um zu beweisen, daß sie sich in ihm getäuscht hatte. Vielleicht tat er es aber auch, um es uns allen zu zeigen – was ihm gelang. Wir waren platt. Aber eigentlich glaube ich, daß er andere Gründe hatte; vielleicht mußte es einfach raus.

Ohne ein Wort ging er nach vorn und stellte sich in der Mitte des Klassenzimmers auf. Alle starrten ihn an, einschließlich Mrs. Higby – vor allem Mrs. Higby –, doch er schaute keinen von uns an. Ich weiß nicht, wohin er schaute. In die Ferne irgendwo.

Als sei ihm das Gedicht gerade erst eingefallen, begann er:

»Mein Leben hat die Farbe der Mitternacht.
Das schwarze Pferd des Zorns galoppiert heran.
Der Mond in meinem Himmel hat die Farbe des Todes.
Die Sterne sind zersplittertes Glas
In einer dunklen Gasse um Mitternacht,
Und der Hengst galoppiert in meiner Brust,
Das schwarze Pferd des Zorns galoppiert.
Die Welt wird sterben unter seinem eisernen Huf,
Und der Mond in meinem Himmel ist ein kaltes leeres Auge
Um Mitternacht.«

Er sprach leise, aber jeder hörte jedes Wort, so still waren wir. Er hatte etwas an sich, das uns in seinen Bann zog.

Mrs. Higbys Doppelkinn wackelte wieder. »Sehr hübsch, Chav«, sagte sie, ohne es auch so zu meinen. Es paßte zu ihr, daß sie echte Poesie von einem Schüler nicht zu schätzen wußte.

Chav schaute sie nicht an, als er sich setzte. Ob sie ihn lobte oder tadelte, war ihm egal, genauso wie die Tatsache, daß alle ihn anstarrten. Ich auch, und dabei überlegte ich fieberhaft. Wer war dieser Chav? Wo kam er her? War er älter als wir? Er war nicht groß, wirkte aber auf andere Art viel älter. Dieses zerklüftete Gesicht. Die Art und Weise, wie er den Platz, wo er gerade stand, voll und ganz in Anspruch nahm und sich ihn nicht nur für einen Augenblick borgte.

Mrs. Higby schaute sich um und rief mich als nächste auf. Vielleicht hatte das Pferd in Chavs Gedicht sie auf mich gebracht, denn sie wußte, daß ich Pferde mag. »Hast du ein Gedicht, das du uns vorlesen könntest, Grace?«

Ich hasse meinen Namen. Ich bin alles andere als eine Grazie und habe die blöden Witze darüber satt. Meine Freunde und meine Familie nennen mich Gray, weil ich sie darauf trainiert habe, aber Mrs. Higby läßt sich nicht trainieren. Ich hab's versucht.

»Grace Calderone.« Als ob's noch eine Grace in der Klasse gegeben hätte. »Dein Gedicht, bitte.«

Ich schüttelte den Kopf. Ich hatte eines geschrieben, aber nach Chavs Gedicht hätte es sich einfach nur blöd angehört. Es handelte von der dicken kleinen Stute, die ich gelegentlich ritt. Sie hieß Paradiddel, hatte ein Fell voller Locken, so kurze Beine, daß sie daherkam wie eine Raupe, und war das liebste Ding, das ich je gekannt habe. Ich vergötterte sie. Andererseits wollte ich eigentlich kein ponyhaftes Pferd, wie sie eines war, reiten. Ich bin eine Träumerin, und Chavs Gedicht von dem wilden schwarzen Hengst hatte sämtliche Türen zu meiner Traumwelt aufgestoßen. Ich wollte nicht von meiner verrückten kleinen Paradiddel sprechen, wenn er dabei war.

Deshalb schüttelte ich den Kopf.

»Grace, du enttäuschst uns«, schmollte Mrs. Higby. »Wir haben auf dich gezählt.«

»Sie hat ja auch was!« trompetete meine beste Freundin Minda; sie weiß nie, wann sie den Mund halten soll. »Ich hab's gesehen, sie hat es mir gezeigt!« Ich drehte mich zu ihr um und warf ihr einen vernichtenden Blick zu, aber sie hielt die Klappe immer noch nicht. »Jetzt komm schon, Gray, es ist gut!«

»Trag uns dein Gedicht vor, Grace«, befahl Mrs. Higby, so daß mir nichts anderes übrigblieb. Ich schaute Chav nicht an, aber als ich vor der Klasse stand, beschloß ich, mein Bestes zu geben.

»Sie hat lockiges Haar –
Nein, sie ist kein Pudel.
Sie hat 'nen Bauch wie 'ne Kugel –
Nein, sie ist kein Gorilla.
Sie ist ein kleines braunes Pferd,
Das auf den Namen Paradiddel hört.
Und wir reiten hinterm Stall
Überall.
Du findest den Anblick lächerlich?
Schert mich nicht.
Bring Sattel und Zaumzeug her
Und stell dich nicht quer.
Sie ist keine lahme Ente,
Sie ist ein Pferd – und damit Ende!«

Ich übertrieb es mit der Betonung und krönte das Ganze mit einem Schmollmund am Schluß. Die meisten Mitschüler lachten und klatschten Beifall. Es tat schon irgendwie gut, daß ihnen mein Gedicht gefiel, andererseits – was spielten sie schon für eine Rolle? Was hielt der Neue davon? Hielt Chav mich jetzt für einen gewaltigen Idioten?

Schließlich traute ich mich, ihn anzuschauen. Er lachte nicht. Er schaute mir direkt in die Augen, aber ich hätte nicht sagen können, was er dachte. Seine Augen waren wie schwarzes Eis. Ich sah nicht in ihn hinein.

Zum Mittagessen in der Schulcafeteria kam Chav ziemlich spät, und er holte sein Essen mit einem dieser dunkelroten Gutscheine, die man bekommt, wenn man sein Essensgeld vergessen hat. Dann setzte er sich allein an einen Tisch und aß.

»Aufwachen, Gray«, neckte mich Minda und wedelte mit der Hand vor meinem Gesicht herum. Ich schob sie einfach weg. War ich die einzige, die Chav beobachtete und sich fragte, was er wohl für einer war? Ganz bestimmt nicht. Die halbe Schule versuchte aus ihm schlau zu werden, weil er anders war. Er verhielt sich anders, und er redete anders als wir. Er sprach nicht unbedingt Dialekt, zumindest keinen, den ich kannte. Er klang nur anders.

»Gray ist in den Neuen verschossen!« trällerte Minda.

»Halt die Klappe!« Ich holte aus. Sie duckte sich.

»Gray ist in den Neuen …«

Als ich diesmal ausholte, kam sie beim Ausweichen mit dem Arm in ihren Teller. Das Mittagessen bestand aus einer Art vorgekautem Fleisch mit einer Tütensoße, und es sah aus wie püriertes Affenhirn. Zum Übelwerden. Das Zeug klebte wie Schleim an Mindas Sweatshirtärmel. Sie kreischte: »Igitt, ist das eklig«, ließ mich dann aber wenigstens in Ruhe, weil sie zu sehr damit beschäftigt war, sich abzuputzen.

Ich beobachtete Chav weiter. Es stimmte nicht, was Minda sagte. Klar, ich empfand etwas für Chav, aber nicht, was sie dachte. Doch sie würde das nie verstehen. Wahrscheinlich konnte keiner das verstehen.

Noch etwas unterschied Chav von uns: Er saß da und aß seinen Teller ratzekahl leer, als sei es richtiges Essen, was sie uns da vorsetzten.

Ich war nicht die einzige, der das auffiel. Matt Nerring, auch bekannt als Matt Nervling, stand auf und ging zu ihm hinüber.

»He, du Würstchen! Hast wohl Hunger oder was?«

Chav schaute nur einmal kurz auf und aß weiter.

»He!« brüllte Matt in den Saal. »Schaut euch bloß mal diesen Typ hier an! Der ißt den Schulfraß!«

Ein paar von Matts Kumpels lachten und brüllten irgendwas zurück, doch Chav ließ sich nicht aus der Ruhe bringen. Er aß einfach weiter.

Matt beugte sich über ihn und brüllte, als hätte er es mit einem Tauben zu tun: »Bist du total daneben? Das Zeug kann man doch nicht essen! Hast du noch nicht gemerkt, daß das Hundefutter ist?«

Chav aß weiter. Ich stand auf und tat so, als wollte ich mein Tablett zurückbringen, hatte aber vor, dem hirnlosen Nervling Matt zu sagen, er solle Chav in Ruhe lassen.

»Du würdest auch Scheiße essen, was?« stichelte Matt weiter und hatte schon eine Hand an Chavs Teller, um ihn umzukippen. Im nächsten Moment war mir klar, daß Chav meine Hilfe nicht brauchte, denn Matt hatte bereits das ganze Tablett im Gesicht. Chav war auf den Beinen, und seine Augen sprühten Feuer. Matt brüllte etwas, das ich hier nicht wiederholen kann, und stürzte sich auf Chav. Und Matt war mindestens zehn Zentimeter größer und um einiges stämmiger. Doch Chav rammte ihn wie bei einem Frontalzusammenstoß, und Matt stolperte rückwärts – kein Wunder. Chavs Blick machte sogar mir angst, und ich war nicht diejenige, die seine Schläge abbekam. Er keilte aus wie ein Pferd. Chav wußte, was er tat. Er hätte Matt plattgemacht, wenn nicht ein paar von dessen Kumpels aufgesprungen wären und sich Chav geschnappt hätten.

Er ließ es zu, daß sie ihn an den Armen festhielten. Es war fast, als bemerke er sie kaum, denn er wandte sich allein an Matt: »Hör zu, Arschgesicht«, sagte er, »laß mich in Frieden, ja?«

»Und ob ich dich in Frieden lasse! Dafür wirst du mir büßen!« Und so wie Matt da stand, das Gesicht blutverschmiert und der Rest mit der schleimigen Tütensoße bekleckert, sah er aus, als würde er es ernst meinen. Und er hörte sich auch so an.

Aber Chav lachte nur. Kein typisches Schurkenlachen wie im Fernsehen, nichts Gekünsteltes, sondern ein echtes

Lachen, als sei irgend etwas wirklich komisch. »Die Mühe kannst du dir sparen«, sagte er fast sachlich, »ich mach mir nichts draus.«

Dann schüttelte er die Jungen, die ihn festhielten, ab und ging davon ohne einen Fleck auf seinen schwarzen Sachen.

»Mannomann«, sagte jemand.

Ich kam wieder zu mir und merkte, daß Minda neben mir stand. Jede Menge Schüler hatten sich um uns versammelt, doch zum Glück für Matt und Chav keine Lehrer. Eltern denken immer, daß Lehrer in der Schule ständig Polizei spielen. Tun sie aber nicht. In den Pausen wollen sie meist einfach nur ihre Ruhe haben.

»Heiliger Bimbam«, sagte jemand anderer, »wofür hält der Kerl sich eigentlich?«

Zu dem Zeitpunkt hielt ich das nur für eine Bemerkung, die Chav irgendwie schlechtmachen sollte. Aber später merkte ich, daß ich genau diese Frage zuallererst hätte stellen sollen – was ich nicht getan habe. Wofür hielt er sich tatsächlich?

Wer war er?

»Was gibt's Neues in der Schule?« wollte Liana beim Abendessen wissen. Sie ist meine Tante, aber ich sage nie Tante zu ihr, weil sie das alt machen würde, und das ist sie nicht. Sie ist jung und sieht gut aus, und es läßt sich ganz gut mit ihr leben. Als ich klein war, habe ich ihren Namen auf Päckchen-Anhängern zu Weihnachten und auf Dankeschön-Karten und solchen Sachen immer »Lee Anna« geschrieben, weil es für mich eben so klang, und sie verbesserte mich nie. Genau so ist sie eben – sie will niemand verletzen, nicht mal kleine Mädchen. Vor allem keine kleinen Mädchen. Sie liebt Kinder.

Das Abendessen bestand aus einer ihrer selbstgemachten

Schinken-Brokkoli-und-vier-Sorten-Käse-Pizzas mit dikkem Teig, die immer super schmecken. Ich wollte essen und nicht über die Schule reden. »Nichts«, antwortete ich deshalb mit vollem Mund.

Aber Liana war unbedingt nach Reden. Sie war damals fast den ganzen Tag über allein und fühlte sich manchmal schon sehr einsam. »Gray, bitte! Irgendwas muß es doch geben. Was war das Beste, das dir heute passiert ist?«

»Chav.« Zu Liana kann man so was sagen, sie macht sich nicht über einen lustig.

»Chav? Ist das ein Jungenname?« Sie war echt gut, sie grinste nicht mal dabei. Über Liana konnte man sich wirklich kaum beklagen – sie war nur oft traurig, so als sei das Leben eine *Last* und auf mich aufzupassen eine große *Verantwortung.* Solche Worte benutzte sie oft; vom Freuen redete sie dagegen höchst selten. Mir fehlten meine Eltern und mein Bruder wahrscheinlich genauso wie ihr Mann und Kinder fehlten, aber ich war entschlossen, darüber wegzukommen. Ich hatte ein Leben zu leben; Liana nicht, wie es schien. Sie sah nur meinem zu, so wie man fernsieht.

»Ja, er ist ein Junge. Er ist neu.«

»Ich hab doch gewußt, daß es was Neues gibt.« Näher ans Necken kam sie kaum heran. Und als sie lächelte, leuchteten ihre Augen fast. »Wie ist er?«

»Anders.«

»Anders?«

»Er redet nicht wie wir, er zieht sich nicht an wie wir, und er ist unfreundlich.«

»Sieht er gut aus?«

»Nicht unbedingt.«

»Aber er hat was?«

Manchmal verstand sie einen zu verdammt gut. Ich mampfte meine Pizza und antwortete nicht.

Nach einer Weile fragte sie: »Und was war das Schlimmste, das dir heute passiert ist?«

»Die Schlägerei.«

»Du hast dich mit jemand geprügelt?« Das war nichts Ungewöhnliches.

»Ich nicht. Chav.«

»Oh. War's schlimm?«

»Es ist nichts passiert, aber ich hab richtig Angst bekommen.«

Liana schaute mich mit zusammengekniffenen Brauen an. »Warum?«

Aber ich kaute nur meine Pizza und schüttelte den Kopf. Ich konnte nicht antworten. Oder wollte nicht.

Es war nicht so, daß ich vor Chav selbst Angst hatte. Aber ich verstand so langsam, was er mit dem schwarzen Pferd des Zorns gemeint hatte, das in seiner Brust galoppierte. Es war sein Herz, und das machte mir angst. Sein Zorn konnte jeden niedertrampeln, auch ein Mädchen.

2.

Tagebuch | *Mrs. Higby*
15. Oktober | *Literatur*
Chav

Wir sollen in diesem Kurs jeden Tag zehn Minuten lang Tagebuch führen. Ich weiß nicht, was ich schreiben soll. Wenn ich, anstatt zu schreiben, reden oder singen könnte, käme etwas Besseres dabei heraus.

Dieses Tagebuch soll keiner zu Gesicht bekommen. Aber

weshalb läßt die Lehrerin uns wohl eines führen, wenn sie es sich nicht irgendwann anschaut? MRS. HIGBY, SIE SIND EINE WARZE AUF DEM ALLERWERTESTEN DER WELT. Wenn sie das liest und einen Herzanfall kriegt, ist sie selber schuld. Verlogene Gadjo!

Eine aus der Klasse ist ganz nett, ein Mädchen, das etwas für Pferde übrig hat. Aber sie ist auch eine Gadjo. Trau nie einem Gadjo. Den Fehler hat meine Mutter gemacht. Ich werde mich nie mit einem Gadjo anfreunden. Ich will überhaupt keine Freunde. Was hätte ich auch davon? In ein paar Wochen bin ich hier wieder weg. Das Land ist groß. Die Städte gehen mir ganz bestimmt nicht aus – eher wird mir die Zeit knapp.

Das Gadjo-Mädchen ist sowieso nicht sehr hübsch. Sie ist groß und blaß und hat eine dicke Nase und dicke Beine wie Pfosten.

Ich kann's immer noch nicht glauben, daß ich mich von Baval und Chavali hab überreden lassen, in die Schule zu gehen. Aber sie haben recht. In der Schule ist es wenigstens warm, und man kriegt leicht was zu essen. Einerseits haben sie recht. Wenn ich sie zwinge hinzugehen, sollte ich selber auch gehen. Andererseits haben sie nicht recht, weil sie es nicht verstehen: Sie werden erwachsen werden und eine Familie haben und glücklich sein, ich dagegen nicht. Sie brauchen eine Ausbildung, ich nicht. Sobald sie alt genug sind, um auf sich selber aufzupassen, brauchen sie mich nicht mehr, und das war's dann für Chav. Ich stehle irgendwo eine Pistole, gehe in einen Country Club und nehme so viele Gadjos wie möglich mit, bevor ich mich selber aus der Welt schaffe.

Die Zeit läuft.

* * *

Tagebuch *Mrs. Higby*
15. Oktober *Literatur*
Gray Calderone

Ein schwarzes Pferd reiten
Einen Sturm reiten
Einen schwarzen Hengst zähmen
Den Sturm zähmen
Das Unwetter zähmen
Den Sturm besänftigen
Ihn zum Freund machen
Den Sturm besänftigen

* * *

Nach den ersten beiden Tagen wurde mir klar, daß Chav arm war. Ich hörte, daß er sich nach dem Turnunterricht Seife und Shampoo ausgeliehen hat. Mir fiel auf, daß er an beiden Tagen genau die gleichen Sachen anhatte und auch am zweiten Tag kein Mittagessensgeld dabeihatte. Und er aß wieder bis zum letzten Bissen alles auf, obwohl es Makkaroni mit Käse gab, was praktisch dasselbe wie stinkiger, kotzgelber Gummi ist. Diesmal waren Lehrer in der Nähe – ich nehme an, der Hausmeister hat die Schweinerei auf dem Fußboden gemeldet –, so daß Matt ihm lediglich böse Blikke zugeworfen und ein paarmal etwas zu ihm herübergebrüllt hat. Chav schaute nicht mal auf und brüllte auch nicht zurück.

Am nächsten Morgen packte ich etwas zu essen ein. Jede Menge, nur für den Fall.

Ich ging sehr früh aus dem Haus, noch bevor Liana aufwachte, weil sie morgens deprimierend war. Sie nahm Schlaftabletten, und das Aufwachen kam dann wie ein

Schlag mit dem Knüppel. Manchmal weinte sie auch. Ich hätte auch zu meinen Großeltern ziehen können, die nach dem Willen meiner Eltern ohnehin die gesetzliche Vormundschaft für mich hatten, aber ich wollte bei Liana bleiben. Wir sind uns sehr nah. Sie war bei mir, als es passiert ist; in dieser ersten schrecklichen Nacht klammerten wir uns die ganze Zeit aneinander fest, und seither sind wir zusammen. Jede von uns weiß wie kein dritter, was die andere durchgemacht hat. Außerdem ist mein Großvater Polizist und meine Großmutter Lehrerin, eine gute zwar – es gibt auch ein paar gute –, aber der Hauptgrund, weshalb ich nicht bei ihnen leben mag, ist der, daß sie beide unter Wahnvorstellungen leiden: Ständig fragen sie mich, ob ich okay bin, ob ich über irgend etwas reden möchte, und schauen mir in die Augen, als suchten sie nach Anzeichen für Drogen. Liana ist da anders. Sie vertraut mir.

Der Tag war herrlich. Strahlendes Herbstwetter. Die Sonne knallte auf die gelben und orangefarbenen Bäume, daß sie wie Feuer leuchteten. Ich ging ganz langsam zur Schule, schlurfte durch die heruntergefallenen Blätter und wählte den langen Weg über die Felder hinter der Grundschule und durch den Buchenwald unterhalb des Naturlehrpfades. Man kommt sich vor wie in einer Höhle da unten, geschützt vor allem, friedlich. Ich ging weit in den Wald hinein.

Ich erzähle das alles, um klarzustellen, daß ich nicht versucht habe, Chav nachzuspionieren. Ich habe ihn rein zufällig gesehen.

Ich habe ihn auf einem schwarzen Pferd zwischen den goldenen Bäumen hindurchreiten sehen.

Ich weiß nicht mehr, was ich zuerst sah, das Pferd oder Chav. Mir kamen beide vor wie Gestalten aus dem Märchen, der schwarze Hengst – an seinem breiten, gebogenen Hals konnte ich sehen, daß es ein Hengst war –, das schwarze

Pferd, das da durch die feurigen Blätter trabte, und der schwarzhaarige Junge auf seinem Rücken. Das Pferd war klein und schlank wie Chav, und es hielt den Kopf hoch wie Chav. Beim Gehen bog es den Hals und setzte die Vorderbeine wie ein Tänzer. Es hatte einen schmalen, länglichen Kopf, kein bißchen hübsch – es war noch viel besser als hübsch, es war wild und stolz. Dieses Pferd war ein echter Rappe ohne ein einziges weißes oder braunes Haar, so schwarz, daß es schon ehrfurchtgebietend aussah, kompakt durch und durch, als sei es mehr Pferd als andere Pferde. Und es kam direkt auf mich zu.

Es wäre schon ein absoluter Glückstag gewesen, wenn ich auf dem Weg zur Schule unverhofft ein Pferd gesehen hätte, irgendein Pferd, aber jetzt auch noch diesen schwarzen Hengst! Ich konnte es nicht fassen. Ich stand da, hielt mich an einem Baumstamm fest und glotzte Pferd und Reiter an. Die beiden anderen Kinder bemerkte ich zuerst gar nicht. Sie saßen ebenfalls auf dem Pferd, ein kleines Mädchen vor Chav und ein nicht mehr so kleiner Junge hinter ihm; alle drei ritten ohne Sattel zur Schule, nur mit einem Halfter und zwei Stricken als Zügel, als sei dieser schwarze Hengst eine altersschwache Stute.

Dann schaute Chav in meine Richtung, seine Miene veränderte sich, und sein ganzer Körper versteifte sich. Das schwarze Pferd blieb augenblicklich stehen, noch bevor er die Zügel überhaupt berührt hatte. Ich wußte, daß seine veränderte Sitzhaltung das Signal zum Stehenbleiben gewesen war, doch wie viele Pferde reagieren darauf? Es war gespenstisch, fast so, als könnten er und das schwarze Pferd gegenseitig ihre Gedanken lesen.

Aus etwa drei Metern Entfernung starrten sie mich an, und an ihren erschrockenen Blicken merkte ich, daß mich keiner hier vermutet hatte, sonst hätten sie bestimmt einen weiten Bogen um mich gemacht. Das kleine Mädchen, das vor Chav saß, drehte sich um und versteckte das Gesicht an seiner Brust, schüchtern oder ängstlich. Ich sah nur ihr langes schwarzes Haar. Der nicht mehr so kleine Junge schaute mich aus großen dunklen Augen über Chavs Schulter hinweg an.

»Hallo«, flüsterte ich. Ich löste mich von meinem Baum und ging ein paar Schritte auf sie zu, ganz langsam, um das Pferd nicht zu erschrecken. »Hallo, wildes Pferd«, sagte ich leise zu dem Hengst. Ich nahm an, daß es sich um einen Mustang handelte. Ich wollte, daß er mich mochte. »Wie heißt er?« fragte ich Chav.

Er verzog keine Miene, antwortete aber wenigstens: »Rom.«

»Wie?« Mir erschien das nicht genug an Name für ein solches Pferd.

»Rom.«

Ich merkte, daß ich wie jemand anderer klang. »Buchstabiere es uns«, sagte ich, ebenfalls ohne eine Miene zu verziehen. »Und wie war noch mal der Nachname? Wir brauchen seinen Nachnamen für die Unterlagen.«

Das brachte Chav zum Lachen, und sein Lachen klang viel fröhlicher als das am ersten Tag mit Matt Nerring in der Cafeteria. An der Art, wie er lachte, merkten die Kleinen wohl, daß alles in Ordnung war. Das Mädchen drehte sich wieder um und schaute mich an – sie hatte ein ganz ebenmäßiges hübsches Gesicht, wie eine braune Blume. Ich wünschte, ich wäre nur halb so hübsch. Der Junge hinter Chav glitt vom Pferd und lächelte mich an, sobald seine ausgetretenen Turnschuhe den Boden berührten.

»Ich bin Baval«, verkündete er, als sei es etwas ganz Wichtiges, »und das ist Chavali.« Er half dem kleinen Mädchen vom Pferd. Als sie ihre Beine ausstreckte, sah ich, daß ihre Turnschuhe alt und verschlissen waren, genau wie die von Baval, außerdem waren sie ihr zu groß, und sie trug keine Socken. »Sag hallo«, forderte Baval sie auf, als sie unten war, doch sie tat es nicht. Sie lächelte mich kurz an, bevor sie sich wieder schüchtern an Baval drückte. Beide trugen Jeans und T-Shirts, reichlich alt und verwaschen, aber im großen und ganzen sahen Baval und Chavali noch aus wie gewöhnliche Kinder. Ihre fremdklingenden Namen und die dunkle Haut unterschieden sie zwar von mir und meinen Freunden, aber der Unterschied war nicht so groß wie bei Chav. Ihre Gesichter waren weich und jung, nicht steinern wie seines. Die Augen waren klar und freundlich, nicht hart wie schwarzes Eis. Irgend etwas an ihm machte den großen Unterschied aus.

»Ich bin Gray«, sagte ich zu Baval und Chavali. »Hallo. Reitet ihr immer auf Rom zur Schule?«

Sie schauten sich an und lächelten halb, doch keiner antwortete. Chav blickte nicht einmal auf. Er war ebenfalls abgesessen, hatte Rom das Halfter abgenommen und kauerte jetzt vor ihm und schlang die Zügel als Fußfesseln um seine Vorderbeine. Rom senkte den Kopf und schnupperte an Chavs Haar, und Chav schob die große schwarze Nase nicht weg.

»Hallo, Rom«, begrüßte ich den Hengst. Er wandte mir den Kopf zu und schaute mich aus tiefgründigen, weisen Augen an, und ich wußte, daß er mir erlauben würde, ihn zu streicheln, auch wenn ich ihm nichts bedeutete. Ich ging zu ihm und streichelte seinen Hals. Er hatte Narben auf Rücken und Schultern, was ein Jammer war, doch sie schienen alle schon älter zu sein. Sein Fell war frisch gebürstet und glänzte; er war gut gepflegt.

Chav hatte die Fußfesseln genau richtig angelegt und stand auf, so daß wir uns plötzlich gegenüberstanden. »Kommen hier Leute vorbei?« fragte er. »Findet ihn hier jemand?«

Ich fand erst mal keine Worte, da die Frage soviel beinhaltete. Sie bedeutete, daß man Rom aus irgendeinem Grund – ich wollte nicht darüber nachdenken, was für ein Grund es war – nicht finden sollte. Sie bedeutete, daß ich nicht »Leute« war, nicht irgendwer, sondern jemand, der um ein Geheimnis wußte. Sie bedeutete, daß ich mit niemandem darüber reden durfte. Chav wollte mich auf seiner Seite haben, auch wenn ich nicht wußte, wer auf der anderen Seite stand und worum es ging. Er vertraute mir.

Er hatte recht. Ich würde es niemandem weitersagen.

»Unter der Woche kommt kaum jemand hier herunter«, antwortete ich schließlich. Es gab eine neue Vorschrift: Biologielehrer hatten darauf zu achten, daß die Schüler oben auf dem Pfad blieben, da sich in der Vergangenheit immer wieder welche hier unten in der Senke »verirrt« hatten. »Aber am Wochenende gehen viele Leute hier spazieren; die sehen dann die Hufabdrücke und die Pferdeäpfel und das alles.«

Chav zuckte mit den Schultern, als sei das Wochenende noch so weit weg, daß nur ein Idiot sich darüber Gedanken machen konnte. Er schaute Baval und Chavali an, und ohne ein weiteres Wort marschierten alle drei davon.

»Wartet!« rief ich und warf ihnen meine Papiertüte zu. Chav fing sie auf.

»Was ist das?« wollte er wissen.

»Mittagessen.«

Er starrte mich an.

»Nimm's einfach«, sagte ich und machte mich auf den Weg zu meiner Schule, der Mittelschule, die hinter dem Hof der Grundschule liegt. Die Grundschule besuchten wahrscheinlich Baval und Chavali. Ich schaute nicht zurück, um mich zu vergewissern, da ich wußte, daß Chav irgendwo hinter mir sein mußte, und er hatte mehr von einem wilden Pferd an sich als der schwarze Hengst selbst. Er glich einem verschreckten Fohlen. Ich mußte aufpassen, daß ich ihm nicht noch mehr Angst einjagte.

Ich sah ihn im Literaturkurs wieder, aber er schaute mich nicht an, weshalb ich auch nichts zu ihm sagte.

Ich sprach mit niemandem darüber, nicht einmal mit Minda, aber den ganzen Tag über mußte ich an den schwarzen Hengst denken, der nicht weit entfernt leise durch den Wald ging und goldene Blätter fraß.

In der Mittagspause borgte sich Chav Geld von einem Lehrer und kaufte sich einen Kotzburger. Was hatte er mit dem Mittagessen gemacht, das ich ihm gegeben hatte? An Baval und Chavali weitergegeben vielleicht?

Wer war er? Woher kam er? Wo wohnte er?

»Erde an Gray«, neckte mich Minda, während ich ihn beobachtete. Sie teilte ihr Mittagessen mit mir, doch bis jetzt hatte ich noch kein Wort mit ihr geredet. »Erde an Gray. Gibt es Leben auf deinem Planeten?«

Ich schüttelte den Kopf.

»Gar keines?«

»Nein.« Ich hatte nicht vor, ihr zu erzählen, was in meinem Kopf vorging.

Ich hatte nachgedacht und war mir darüber klargeworden, was ich tun wollte.

Liana wußte, daß ich an einem so herrlichen Tag bestimmt direkt nach der Schule in den Reitstall wollte. Deshalb wartete sie schon mit dem Wagen auf mich, und sie hatte für mich eine Tüte Kekse und für Paradiddel eine Karotte mitgebracht.

»Super, Lee!« So nannte ich sie manchmal.

»Was gibt's Neues in der Schule?« erkundigte sie sich.

»Eigentlich nichts.« Während der Fahrt zog ich meine Schuhe aus und schlüpfte in meine Reitstiefel. Weiter brauchte ich mich nicht umzuziehen. Die Jeans, die ich in der Schule anhatte, trug ich auch zum Reiten. Liana machte es nichts aus, wenn sie vom Pferdeschweiß fleckig wurden. Wir kauften dann einfach neue. Eines haben so schreckliche Unfälle für sich: Mit Onkel Dans Lebensversicherung und der Lebensversicherung meiner Eltern und dem Geld vom Haus meiner Eltern und all den anderen Sachen brauchten wir uns keine Gedanken darüber zu machen, wie wir über die Runden kommen sollten. Wir waren natürlich keine Millionäre, aber wir hatten genug.

Das ist aber auch das einzig Positive an schrecklichen Unfällen. Und eines kann ich mit Sicherheit sagen: Es ist nicht die angenehmste Art, zu Geld zu kommen.

Jedenfalls fuhr Lee mich zum Reitstall raus, der eigentlich eher ein Bauernhof war und keine dieser vornehmen Einrichtungen, wo die Leute in Reithosen herumlaufen und für Turniere trainieren. Solche Einrichtungen sind schon in Ordnung, nehme ich an, aber mir gefiel der Reitstall von Topher eben besser. Auf einer Holztafel stand »Tränenhof«, aber das war nur wieder einer von Tophers lahmen Witzen. Kein Mensch sagte so – wer hier ritt, redete einfach vom Reitstall. Das Anwesen bestand lediglich aus einem einfachen Landhaus, und Topher war lediglich ein blonder Typ, der Pferde mochte. Seine Frau hatte ihn verlassen, weil sie eifersüchtig war auf die Pferde – sie hatte verlangt, daß er irgendeinen Job annehmen solle, wo es geregelte Arbeitszeiten gab oder so ähnlich. Sie hieß Chris, das war die Abkürzung für Christina und der Grund, weshalb die Leute ihn Topher nannten; er hieß nämlich Christopher, und es hätte sicher ein ganz schönes Durcheinander gegeben, wenn man ihn auch Chris gerufen hätte.

»Weshalb hat sie sich nicht einfach Tina nennen lassen?« hatte ich ihn einmal gefragt.

»Die Abkürzung gefiel ihr nicht.«

»Aber dir gefällt Topher?«

»Nicht sonderlich.« Aber er hatte gegrinst dabei. »Ich muß allerdings zugeben, daß es was Besonderes ist.« Er sprach mit diesem schleppenden südlichen Akzent, weil er aus Texas oder so irgendwoher kam, und er trug ständig seinen Cowboyhut und Cowboystiefel, obwohl er im englischen Stil ritt, und er kannte sich auch mit Dressurreiten aus, und trotzdem brachte er allen seinen Pferden bei, wie Cowboypferde auf der Stelle stehenzubleiben, wenn man die Zügel hängen läßt. Ich mochte ihn sehr.

Jetzt wollte er auch nicht mehr, daß man ihn Chris nannte, weil ihn das an Christina erinnert hätte. Er hatte zwar keine Frau mehr, aber er hatte immer noch Pferde aller möglichen Rassen: Araber, Appaloosas, eine dicke alte Belgierstute, einen Paso Fino, ein weißes Vollblut-Stutfohlen, das durch einen Sehnenriß außer Gefecht gesetzt war, ein grauscheckiges Connemara-Pony, Tennessee Walking Horses, Westernpferde und natürlich Paradiddel, die wenigstens teilweise ein Bashkir Curly zu sein schien. Er hatte sie bei einer Auktion als Fohlen erstanden, und als sie älter wurde, bekam sie – wer hätte das gedacht – Locken.

Der Name Paradiddel kommt übrigens aus der Folkmusik, wo er für einen bestimmten Rhythmus steht, der ungefähr so klingt wie ihre Hufe, wenn sie versucht, mit Pferden Schritt zu halten, die richtige Beine haben anstatt Raupenanhängsel.

»Hallo, Topher!« brüllte ich, kaum daß ich ausgestiegen war, denn da war er schon, lehnte an einem Weidenzaun und beobachtete sein neues Vollblut, um zu sehen, ob die Sehne langsam heilte.

»Kann ich mit Paradiddel einen langen Ausritt machen?«

»Klar.« Topher reservierte Paradiddel meist für mich,

wahrscheinlich, weil er gemerkt hatte, daß wir uns verstanden. Wenn andere zum Reiten kamen, gab er ihnen die Quarterpferde, die eher dem entsprachen, was die Leute sich gemeinhin unter einem Pferd vorstellen.

»Kommt Minda auch? Dann hole ich Dude.« Dude war der hübsche falbfarben und weiß gescheckte Pinto, den Minda gewöhnlich ritt.

»Heute nicht.« Sie hatte einen Termin beim Zahnarzt. Normalerweise ritt ich gern mit Minda aus, doch an diesem Tag hatte ich etwas vor, das sie ausschloß.

Liana reichte mir einen Scheck durchs Wagenfenster, den ich an Topher weitergab. Sie stieg hier im Reitstall höchst selten aus dem Auto. Es gab keinen bestimmten Grund dafür. Sie tat es einfach nicht. Es gab eine Menge Sachen, die Spaß machten und die Lee nicht tat.

»Mach dir keine Gedanken, wenn es später wird«, sagte ich zu ihr. Ich hatte noch ungefähr vier Stunden, bevor es dunkel wurde. Die Tage würden erst in ein bis zwei Wochen merklich kürzer werden.

»Okay. Viel Spaß dann. Ruf mich an, wenn ich dich abholen soll.« Damit fuhr sie weg.

Topher wurde nicht dafür bezahlt, daß er mir half. Der Scheck war eine Art Miete, weil Diddel ihm gehörte und er sie fütterte und auch sonst versorgte. Er war jedoch nicht Mädchen für alles. Er hatte mir das Reiten beigebracht, aber alles andere war jetzt meine Sache. Ich ging hinunter zur Weide und fing Diddel selber ein, gab ihr ihre Karotte und sagte ihr, was für ein hübsches Mädchen sie sei. Dann führte ich sie zur Scheune hinauf. Doch weil Topher ein Freund war, blieb er in der Nähe, während ich sie striegelte und bürstete.

»Wie geht's so?« fragte ich ihn.

»Besser.« Das sagt er immer. Besser. Besser als was?

»Wie geht's Rotfuchs?« Das war das weiße Vollblut-Stutfohlen. Er nannte es Rotfuchs, weil Vollblüter normalerweise nicht weiß sind. Topher hatte einen merkwürdigen Sinn für Humor.

»Besser. Kommt wieder in Ordnung, sie braucht nur anständig Ruhe. Bis zum Frühjahr sollte die Sehne okay sein. Dann kann ich wieder mit dem Training anfangen.«

»Darf ich helfen?«

»Klar.«

Weil es mir gerade so in den Kopf kam, sagte ich: »Ich hätte schrecklich gern ein eigenes Pferd.«

Ich nehme an, Topher war an solche Aussprüche gewöhnt. Er sagte nur: »Das glaub ich dir«, und nickte Diddel zu, die mit ihrem dicken Zeppelinbauch dastand, die großen Augen, über die die braune Lockenmähne fiel, halb geschlossen.

»Arme Diddel.« Ich küßte sie auf die wuschelige Stirn. »Hör nicht hin.« Ich kämmte ihr die Mähne mit den Pudellocken, als hinge mein Leben davon ab, sagte dabei aber zu Topher: »Vielleicht schenkt Liana mir ein Pferd zu Weihnachten.«

Das war nicht aus der Luft gegriffen. Wir hatten genug Geld, und sie hatte versprochen, daß ich bald ein eigenes Pferd haben sollte.

»Meinst du? Was für eines?«

»Ist mir egal. Mir gefällt jede Farbe, solange es ein richtiges Pferd ist.«

»Ein richtiges?«

»Du weißt schon – groß und stark und schnell. Wie – ach, du weißt schon. Hast du dir nie einen schwarzen Hengst oder so gewünscht?«

Er lächelte, und ich glaube, er verstand mich, denn er sagte: »Ich möchte alle haben.«

Zehn Minuten später ritt ich mit Diddel über die Felder. Sie trottete dahin wie ein großer Hund, und ihre wuscheligen kleinen braunen Ohren zeigten wie immer fröhlich nach vorn. Sie war so ein liebes Pferd. Doch ich dachte an einen schwarzen Hengst und an den Jungen, der ihn ritt.

3.

Ich brauchte eine Stunde bis zur Schule. Ich war noch nie zur Schule geritten – warum auch? Für meine Begriffe verbrachte ich dort schon genug Zeit. Die Straßen führten weit außen herum, aber geteerte Straßen sind zum Reiten ohnehin nicht besonders gut geeignet, unter anderem wegen bescheuerter Leute in Autos. Deshalb mußte ich jetzt Wege durch Wälder und Wohnsiedlungen und Kuhweiden mit Stacheldraht ausfindig machen. Eine echte Herausforderung.

Als ich schließlich die Senke erreichte, wo der schwarze Hengst den Tag über gestanden hatte, war er natürlich weg. Das hatte ich erwartet.

»Okay, Diddel, weiter geht's«, sagte ich und führte sie in die Richtung, wo ich aufgewirbelte Blätter sah. Ich wollte versuchen, der Spur des schwarzen Hengstes zu folgen.

Zuerst war es einfach. Die Kornfelder unterhalb der Senke, wo sich das Regenwasser sammelt, waren sumpfig, und ich konnte die Hufabdrücke des Hengstes zwischen den Stoppeln sehen. Ich sah sogar, daß er nicht beschlagen war. Danach wurde es schwieriger. Wir kamen an ein zugewuchertes Feld, und mein einziger Anhaltspunkt war eine kaum erkennbare hellere Spur im Gras und Unkraut, wo er entlanggegangen sein mußte. Hinter dem Feld lag eine Schotterstraße. Ich konnte nur raten, welche Richtung das schwarze Pferd von hier aus eingeschlagen hatte, und ritt fast eine halbe Stunde im Kreis herum. Jedes andere Pferd hätte einen Anfall gekriegt, aber Diddel machte es nichts aus.

Wir waren schon ziemlich lang unterwegs. »Wir sollten umkehren«, sagte ich zu ihr.

Aber wir kehrten nicht um, denn zwischen dem Unkraut am Straßenrand entdeckte ich schließlich etwas, was ein Hufabdruck hätte sein können. Sicher war ich mir nicht. Aber ich ritt in diese Richtung und – jawolll! Auf einem Feldweg fand ich seine Spur wieder. Dann verlor ich sie erneut in einem Kleefeld ... Ich könnte jetzt eine Stunde lang erzählen, wie ich die Spur dieses Pferdes immer wieder verlor und wieder fand, wie ich über die Felder zur Eisenbahnlinie ritt, dann an den Schienen entlang zur –

Zur Brücke?

»Das kann nicht euer Ernst sein!« flehte ich. Doch es war ihr Ernst. Ich sah die ovalen Abdrücke im Schotter zwischen den Schwellen, und sie führten geradewegs hinüber, fast zwanzig Meter über der tiefsten Stelle des Flusses auf einer schmalen Brücke ohne Seitenstreifen. Diese Eisenbahnbrücke war wenigstens stabil, sie war aus Stahl und Beton und keine von der wackeligen Sorte mit Löchern in den Bohlen. Aber trotzdem – was, wenn ein Zug kam? Wenn das Pferd verrückt spielte? Was, wenn ein Vogel vor Diddels Nase vorbeiflog und sie sich erschreckte? Ich konnte im Wasser landen, und ich hatte Angst vor Wasser seit ... seit vor ein paar Jahren. Bei Wasser geriet ich seither in Panik. An der Oberfläche glitzert und glänzt es und wirkt einladend, aber darunter ist es zum Ertrinken tief.

»Huch, wie schnell die Zeit vergeht«, verkündete ich der Welt. »Wir sollten jetzt wirklich umkehren.« Aber ich kehrte nicht um. Ich haßte es, wenn ich Angst hatte, und wollte ihr nicht nachgeben. Vielleicht ist es ja ganz in Ordnung, Angst zu haben, vielleicht war es unter diesen Umständen sogar vernünftig, doch etwas in mir widersetzte sich jeglicher Vernunft, wenn es um diese Chav-und-Rom-Sache ging.

Wenn sie es konnten ...

Diddel stand da, die Ohren gespitzt, und wedelte mit dem lockigen Schweif und wartete darauf, daß ich endlich wußte, was ich wollte. Wenn es ein Pferd auf dieser Welt gab, das mich sicher über die Brücke bringen konnte, war es Diddel.

Ganz plötzlich war ich sauer – in erster Linie auf mich selbst, weil ich Diddel in den Rücken fiel. Kein schwarzer Hengst war besser als sie!

»Okay, Mädchen, dann wollen wir mal.« Ich lauschte – kein Zug zu hören. Dann schickte ich sie los.

Sie schaukelte über die Brücke, setzte die Hufe zwischen die Schwellen und schaute nicht ein einziges Mal aufs Wasser, das viel zu weit unten glitzerte. Sie war ein Pferd fürs Gelände. Das beste. Ich überließ ihr die Sache, saß angespannt im Sattel und versuchte, nicht nach unten zu schauen. Auf eine Art war es ein Kinderspiel.

Und auf eine Art die bedeutendste Tat, die ich je vollbracht hatte, denn auf der anderen Seite waren Chav und das schwarze Pferd.

In dem Winkel, wo die Bahnlinie den Fluß kreuzte, lag, durch Bäume abgeschirmt und mit nichts als Wald ringsum, eine nicht mehr bewirtschaftete Farm. Die Spitze des gelben Backsteinsilos sah ich zuerst; die Sonne schien direkt darauf und ließ es golden glänzen. Die halbverfallene Scheune und das Haus lagen im Schatten. Dann sah ich auf dem oberen Teil der Wiese, der noch in der Sonne lag, den schwarzen Hengst grasen, und ich hielt Diddel mitten auf dem Weg an, weil mir das Herz stehenblieb. Ich sah weder einen Zaun noch Fußfesseln noch ein Halfter. Der grasende Hengst war frei wie ein wildes Tier, und auf seinem Rücken lag, als ob er schliefe, als ob das schwarze Pferd eine Wiege sei, Chav, das Gesicht in der Mähne vergraben und die Arme um die Pferdeschultern gelegt. Er hatte sein Hemd ausgezogen, doch die Hitze des Pferdes und die Sonne wärmten ihn. Nackte Haut auf schwarzem Fell. Sein schwarzes Haar und die Mähne des schwarzen Pferdes waren eins. Er hatte die Augen geschlossen; er sah mich nicht.

Zusammen waren die beiden so schön, daß mein Luftholen einem Schluchzen gleichkam. Plötzlich fühlte ich mich vollkommen fehl am Platz. Warum mußte ich ihm nachspionieren und mich in Dinge hineindrängen, die mich nichts angingen? Ich wäre mit Diddel auf der Stelle umgekehrt, wenn nicht in dem Augenblick eine fröhliche Kinderstimme gerufen hätte: »Hey, sie ist es!« Und dann tauchten plötzlich Baval und Chavali auf.

Sie kamen vom Silo herübergerannt. »Komm und schau dir unsere Burg an«, rief Baval, als wären wir alte Freunde, und ich ritt ihnen entgegen. Sie standen da und schauten Diddel mit großen Augen an.

»Was ist denn das für ein Pferd?« wollte Baval wissen.

»Ein sogenannter Knubbelknaul, sie heißt Diddel.«

»Ich meine – hast du ihr eine Dauerwelle gemacht?«

»Darf ich mal auf ihr reiten?« fragte Chavali, eine Frage, die bei einem Mädchen, das sonst so schüchtern war, eine Menge Mut erforderte, und natürlich saß ich ab und hob sie hinauf. Ich führte Diddel am Zügel, Chavali ritt, und Baval rannte voraus zur Burg, die sich als das Silo herausstellte. Mit dem unregelmäßigen Backsteinkranz oben, wo einmal das Dach gewesen war, sah es tatsächlich wie eine Art Burgturm aus. Unten hatte jemand im Halbrund Steine herausgebrochen, gerade genug, damit ein Kind hineinkriechen konnte.

Es lagen Decken und andere Sachen darin; eine Plane bedeckte den Boden und eine zweite diente als Dach.

»Macht ihr hier draußen Camping oder was?« fragte ich Baval. Mir kam es merkwürdig vor. Wo waren die Erwachsenen? Hatten diese Kinder Eltern, die so etwas erlaubten? Tagsüber war es zwar noch warm genug, aber nachts wurde es doch schon empfindlich kalt.

Er kicherte, antwortete aber nicht. Dann hörte ich Schritte und drehte mich um, und da stand Chav. Er schaute mich nicht an, nur Diddel, aber ich schaute ihn an. Er hatte Narben auf Brust und Schultern, und mir wurde klar, daß das Lederartige seines Gesichts wahrscheinlich auch von Narben herrührte. Wenn ich es mir jetzt so überlege, verstehe ich nicht, daß ich es nicht gleich beim erstenmal gesehen habe: Jemand hatte ihm Schreckliches angetan. Aber so etwas war mir einfach nicht in den Sinn gekommen, da kein Erwachsener in meiner Familie Kindern körperliche Schmerzen zufügte. Ich war nie geschlagen worden – außer von anderen Kindern. Ich stellte mir deshalb vor, daß Chav Opfer eines schrecklichen Unfalls gewesen sein mußte, ein Feuer vielleicht, und wahrscheinlich wollte er nicht darüber reden. Ich wußte jedenfalls genau, daß ich auch nicht über den Unfall reden wollte, bei dem meine Mutter, mein Vater und mein Bruder ums Leben gekommen waren.

»Dann ist das also die Stute mit den Locken«, meinte Chav und kraulte ihr die Stirn genau da, wo sie es am liebsten hatte. »Bist du sicher, daß sie kein Pudel ist?«

»Sie ist ein gutes Spurensuchpferd.«

»Oder ein Dackel? Meinst du nicht, daß da mal ein Dakkel mit im Spiel war? Die Beine sind ja kurz genug.« Aber er streichelte Diddel dabei die ganze Zeit. Er mochte sie wirklich, das sah man, und ich begann ihn zu mögen.

»Runter!« verlangte Chavali und streckte ihm die Arme entgegen.

»Sie ist deine Schwester, stimmt's?« fragte ich, als er sie von Diddel hob.

»Ja.«

»Und Baval ist dein Bruder.«

Er nickte und hob dann sein Hemd vom Boden auf und zog es an. Weil er ganz umgänglich wirkte, fragte ich ihn geradeheraus: »Seid ihr von zu Hause weggelaufen oder was?«

Er schaute mich zum erstenmal direkt an und sagte ungewöhnlich feierlich: »Wir sind vom uralten Stamm der Roma. Zu Hause ist da, wo wir unseren Kopf betten. Wir laufen vor nichts davon. Wir ziehen durchs Land auf der Suche nach unserem König.«

»Erzähl's ihr, Chav!« bat Baval eifrig. »Erzähl ihr von uns.«

»Erzähl's *uns*, Chav!« Das war Chavali. Sie klammerte sich an sein Bein. Baval faßte ihn um die Taille.

»Erzähl es Gray«, bettelte Baval.

»Zuerst gibt's Abendessen«, bestimmte Chav.

Er machte ein Feuer vor der »Burg«, und ich nahm Diddel den Sattel und das Halfter ab und ließ sie mit Rom grasen. Dann setzten wir uns um das Feuer, um uns warmzuhalten, und aßen. Wie es sich herausstellte, bestand das Abendessen aus dem Mittagessen, das ich ihnen gegeben hatte – ein paar Schmalzkringel, einige Karotten und zwei Brote mit Erdnußbutter für vier Leute. Man kann auch sagen drei, denn ich aß nichts. Mein Magen knurrte zwar wie ein Kettenhund, aber ich sagte, ich müsse warten, da ich immer mit meiner Tante zu Abend essen würde. Chav aß auch nichts, bis Chavali verkündete, sie sei satt. Erst da aß er die Ecke Brot, die sie übriggelassen hatte.

»Jetzt erzähl es Gray«, drängte Baval. Er sah aus wie zehn,

vielleicht auch wie elf, wirkte von seinem Verhalten her aber jünger. Als Chavali zu Chav hinüberging und sich auf seinen Schoß setzte, mußte auch Baval sich an ihn kuscheln.

»Okay.« Mit den Kleinen auf und neben sich lehnte sich Chav an die Silowand. Er schaute in meine Richtung, sah mich jedoch nicht an, sondern blickte an mir vorbei in die Ferne. Leise, als beginne er ein vertrauliches Gespräch, fing er an zu erzählen: »Unsere Mutter war eine Roma-Prinzessin, die Tochter eines Roma-Königs. Unser Vater war ein Prinz der Roma. Er war groß. Er hatte reinrassige andalusische Pferde, die nicht zuließen, daß ein Fremder sie berührte, aber wenn er sie rief, kamen sie. Er hatte schwarzes Haar und blaue Augen, und er trug ein Stirnband aus Goldmünzen und tanzte gern.«

»Und spielte Gitarre«, warf Baval ein.

»Richtig.«

»Und er hatte zärtliche Hände«, sagte Chavali eifrig.

»Ja. Zärtliche Hände.«

Etwas Merkwürdiges war da im Gang. Ich wußte, daß ihre Mutter keine Prinzessin war und der Vater kein Prinz, genausowenig wie ich ein Rockstar war. Ich hatte es einfach im Gefühl, daß das nicht stimmen konnte. Ich wußte, daß Chavs Geschichte eine einzige große Lüge war, und er wußte, daß ich es wußte – das merkte ich an den schrägen Blikken, die er mir zuwarf. Doch was ich dachte, kümmerte ihn nicht, weil er die Geschichte für Baval und Chavali erzählte. Und sie schienen sie zu brauchen. Sie glaubten jedes Wort, das er sagte.

»Unser Vater liebte unsere Mutter, weil sie wunderschön war«, sagte er in einer Art Singsang. »Aber ein böser Gadjo-Mann entführte uns und unsere Mutter.«

Gadjo? Was für eine Art Schurke war das denn?

»Er holte uns von unserem Stamm weg und hielt uns

gefangen.« Chav schaute weder mich noch die Kleinen an, sein Blick ging hinüber zu der im Dämmerlicht liegenden Wiese, wo das schwarze Pferd graste. »Er behauptete, er sei unser Vater, aber wir wissen, daß unser richtiger Vater ein Prinz der Roma war, weil unsere Mutter es uns gesagt hat. Als sie starb, als sie in einem Bett mit Kissen aus weißer Spitze lag – das lange Haar fiel an der Seite herunter, und das Gesicht war so blaß wie das eines Engels –, nahm sie mich in den Arm und flüsterte mir ins Ohr, wir sollten losziehen und unseren richtigen Vater suchen.«

»Sie hat dir einen Kuß gegeben«, sagte Chavali.

»Ja.« Chav schluckte. »Sie hat mir einen Kuß gegeben und das hier.« Er zog etwas aus der Tasche seiner Jeans und hielt es in der offenen Handfläche – Baval und Chavali berührten es, und ihre weichen jungen Gesichter sahen im Schein des Feuers aus wie die Gesichter von Menschen beim Gottesdienst. »Unser Vater hat noch mehr davon, und daran werden wir ihn erkennen.« Chav steckte den Gegenstand wieder ein. »Jahrelang sind der Roma-König und der Roma-Prinz umhergezogen und haben uns gesucht. Jetzt suchen wir sie. Und eines Tages werden wir uns an einer Wegkreuzung begegnen.«

»Und unser richtiger Vater freut sich, wenn er uns sieht?« fragte Baval.

»Er wird sich so sehr freuen, daß er einen ganzen Lastwagen voller Pizza bestellt; es wird ein Fest geben, und wir dürfen auf seinen Pferden reiten und sein Stirnband tragen.«

»Und wir dürfen bei ihm bleiben?« fragte Chavali ängstlich. »Und er wird nicht zulassen, daß uns noch mal ein Gadjo-Mann wegholt?«

»Nein.« Chav wirkte müde. Er hob sie von seinem Schoß. »Zeit zum Schlafengehen.«

Das Feuer und die Geschichte hatten mich vergessen lassen, daß es bereits dunkel wurde. Der Himmel war grau, fast schon schwarz, nur an einer Ecke waren noch ein paar orangefarbene Streifen zu sehen. »Du liebe Güte!« entfuhr es mir, und ich sprang auf und lief hinüber zu Diddel; ich mußte sie satteln und ihr das Halfter anlegen und mich auf den Heimweg machen, solang es noch ein klein wenig hell war.

Chav ließ die Kleinen allein beim Silo und folgte mir wortlos. Er half mir mit dem Sattel und dem Zaumzeug, und es war offensichtlich, daß er sich damit auskannte.

»Was bedeutet Gadjo?« fragte ich ihn, während wir Diddel fertig machten.

»Du bist eine Gadjo.« Ich konnte sein Gesicht nicht sehen, doch der harte Unterton in seiner Stimme war wie eine Herausforderung. »Du bist keine Roma.«

Ich hatte keine Zeit, mit ihm darüber zu diskutieren oder ihm zu sagen, was er sicherlich ohnehin schon wußte – daß nämlich das Ding, das seine Mutter ihm angeblich gegeben hatte, nichts anderes war als ein goldfarbener Plastikdollar aus einem Säckchen Spielgeld.

Immer noch mit dieser harten Stimme fragte er: »Wirst du weitersagen, was du von uns weißt?«

»Warum sollte ich?« fauchte ich zurück, schwang mich auf Diddel und ritt los. Der schwarze Hengst war nur ein noch dunklerer Fleck in der dunklen Nacht; er beobachtete uns mit erhobenem Kopf.

Paradiddel war wie immer ein Engel von einem Pferd und brachte mich auch bei Dunkelheit sicher zum Stall zurück. Wir brauchten nicht noch einmal über die Eisenbahnbrücke zu gehen und auch nicht zurück zur Schule. Wir mußten nur den Schienen eine Weile in die andere Richtung folgen und dann querfeldein zum Stall reiten.

Topher hatte sämtliche Lichter angelassen und wartete auf mich. Er sagte nichts, bis ich abgesessen war, und dann meinte er nur: »Deine Tante hat angerufen. Sie macht sich Sorgen.«

»Ich war auf der anderen Seite der Bahnlinie, und dann kam ein Zug, und er hielt, und ich mußte warten, bis er aus dem Weg war.« Das stimmte zumindest teilweise. Chavs Camp war auf der anderen Seite der Bahnlinie. Während wir beim Essen gesessen hatten, war ein Zug gekommen.

Topher sagte: »Ich hab mir auch welche gemacht. Sorgen.«

Das überraschte mich. Ich wußte nicht, was ich sagen sollte.

»Geh, und ruf deine Tante an«, meinte er, »ich kümmere mich um Diddel.«

Ich tat, was er gesagt hatte, ging zum Telefon in der Scheune und rief Liana an, und es war in Ordnung. Ich sagte ihr dasselbe, was ich auch Topher gesagt hatte, und sie klang vollkommen ruhig. Einer der Gründe, weshalb sie mich reiten ließ, war der, daß irgendwelche Leute ihr gesagt hatten, sie dürfe nicht den Fehler machen und mich wegen des Unfalls zu sehr beschützen wollen. Deshalb ging sie manchmal ziemlich weit in die andere Richtung. Ich glaube, sie hätte mich auch Eishockey spielen lassen, wenn ich das gewollt hätte.

Während ich darauf wartete, daß sie mich holen kam, half ich Topher beim Füttern der Pferde. »Tut mir leid, daß du dir meinetwegen Sorgen machen mußtest«, sagte ich.

»Ist schon okay.«

»Weißt du, was Roma sind?«

Er schaute mich verständnislos an. »Sag das noch mal.«

»Roma. Weißt du, was das Volk der Roma ist?«

»Keine Ahnung. Wo hast du davon gehört?«

Ich verschüttete Körner, damit ich nicht antworten mußte.

4.

»Es sind Zigeuner«, sagte Peck, der Schmied, zu Topher. Es war ein paar Tage später, und ich war gerade erst in den Stall gekommen, doch instinktiv wußte ich sofort, daß sie von Chav und Baval und Chavali sprachen. »Diebisches Zigeunerpack. Sie können sich nennen, wie sie wollen, einen Zigeuner erkenne ich auf zehn Meilen Entfernung.« Er schien wütend zu sein. An seinen kräftigen Armen traten die Muskeln hervor, als er ein Quarterpferd beschlug. Es hieß Termite, weil es Holz annagte. »Die dunkle Haut und der verschlagene Blick. Mir können sie nichts vormachen. Du machst hier am besten alles dicht, Worthwine.« So hieß Topher mit Nachnamen. Peck hieß mit Nachnamen Fischel, und er war nicht nur Hufschmied, sondern auch Besitzer der Nachbarfarm. »Was du nicht einschließen kannst, mußt du anbinden. Wenn du nicht aufpaßt, klauen sie dir den Wetterhahn vom Dach.«

»Mir ist noch nichts weggekommen«, meinte Topher ruhig.

»Wer?« fragte Minda. »Wer klaut?« Sie war erst in der letzten Minute hereingekommen. Es war Samstag, und wir bereiteten uns auf unseren Samstagsausritt vor.

»Die Zigeuner«, antwortete Peck, ohne aufzuschauen. »Sie campieren auf der ehemaligen Altland-Farm. Wenn man an den Bahngeleisen entlanggeht, sieht man ihr Feuer.«

»Die haben vielleicht Nerven!«

Ganz im Gegensatz zu mir, dachte ich. Meine lagen bereits blank. Ein Glück, daß Peck Fischel über einen Pferdehuf gebeugt war und mich nicht anschaute, denn ich bin sicher, daß man mir meine Angst ansah. Ich lehnte mich gegen die Wand und hoffte, Minda würde nicht merken, daß von Chav die Rede war. Ich hatte ihr gegenüber weder den schwarzen Hengst erwähnt noch die Kinder, die in einem Silo wohnten, noch sonst etwas. Ich hatte überhaupt mit niemand darüber gesprochen.

»Bis jetzt habe ich nur ein paar Kinder gesehen«, sagte Peck Fischel, »aber wo ein paar sind, stecken immer noch mehr von dem Pack. Jemand sollte dem jungen Altland Bescheid sagen, damit er seinen Hintern in Bewegung setzt und rauskommt und sie davonjagt«, brummte er vor sich hin.

Topher stand mit dem Rücken zu mir und hielt das Pferd, während Peck es beschlug, so daß ich sein Gesicht nicht sehen konnte. Doch seine Stimme klang fast zu ruhig, als er sagte: »Ich hab mir immer vorgestellt, wenn die Zigeuner wirklich alles das klauen würden, was die Leute behaupten, bräuchten sie Umzugswagen, um es wegzukarren.«

Mr. Fischel richtete sich auf und schaute ihn an. »Sie klauen«, sagte er auf eine Art, die keinen Widerspruch duldete. »Glaub mir's.«

In der Schule ist Minda nicht unbedingt die Hellste, aber mit Menschen kennt sie sich aus. Sie wußte, daß es jetzt Zeit für uns wurde, uns vom Acker zu machen, wenn wir nicht ins Kreuzfeuer geraten wollten. »Auf geht's, Gray«, rief sie, und wir zogen los, um Dude und Diddel einzufangen und sie fertig zu machen.

Wir sprachen nicht über Zigeuner oder ähnliches, während wir die Pferde striegelten und aufzäumten. Mr. Fischel war immer noch bei der Arbeit, und wir wollten nicht, daß er uns hörte. Doch sobald wir über die Felder ritten, fragte Minda: »Sollen wir an der Bahn entlang reiten und uns die Zigeuner anschauen?«

»Nein.« Es kam lauter heraus als beabsichtigt. Minda schaute zu mir herüber; Dude und Diddel gingen nebeneinander her. Sie fragte behutsam: »Es ist Chav, nicht wahr?«

Wie gesagt, sie ist nicht doof. Und sie ist eine richtige Freundin. »Vielleicht«, sagte ich, »ich bin nicht ganz sicher.« Ich wußte, daß in Chavs Camp keine weiteren Zigeuner waren. »Du mußt auch nicht alles glauben, was Peck sagt«, schnaubte ich. »Er hat doch keine Ahnung.«

»Das werd ich ihm sagen«, neckte sie mich.

»Nur zu. Mach das ruhig.«

Wir konnten es nicht riskieren, etwas zu sagen, das Peck Fischel gegen uns aufbrachte, denn wann immer wir ausritten, kamen wir über sein Land. Auch in diesem Augenblick befanden wir uns auf seinem Grund und Boden. Wir folgten den Spuren seines Traktors seinen Hügel hinauf und vorbei an dem eingezäunten Fischel-Friedhof, von dem es hieß, daß er die älteste Familiengrabstätte im ganzen Distrikt sei. Peck Fischels Familie lebte bereits seit Hunderten von Jahren hier, und ihm gehörte fast alles Land diesseits der Bahnlinie.

In Chavs Augen war er wahrscheinlich ein echter Gadjo.

Ich nahm an, Gadjo war ein Wort aus der Zigeunersprache – aber irgend etwas stimmte nicht. Das, was Peck über die Zigeuner gesagt hatte, klang ungefähr so wie Chavs Geschichte von seiner Mutter, der Roma-Prinzessin. Ein Körnchen Wahrheit steckte wohl darin, doch es herauszufinden würde nicht einfach sein.

»Was für einen Grund hätte ein Zigeunerjunge, in die Schule zu gehen?« fragte ich.

»Du hast ja recht.« Minda überlegte einen Augenblick. »Aber er hat noch nie Hausaufgaben gemacht, Gray. Er tut doch so, als ginge er davon aus, daß er nicht lang bleibt.«

Genau das Gefühl hatte ich auch, und trotzdem legte ich mich mit ihr an. »Eine Menge Jungs machen keine Hausaufgaben.«

»Aber er ist auch in keinem Sportclub oder so. Er grüßt nicht mal.«

»Er ist ja auch erst ein paar Tage an der Schule. Vielleicht ist er schüchtern.«

Minda schaute mich an und sagte nichts mehr. Eine Weile ritten wir schweigend weiter, vorbei am Friedhof. Dann fragte sie: »Hältst du Chav für einen Dieb?«

Verflixt. Sie war gut. Konnte sie Gedanken lesen? Woher wußte sie, was mich umtrieb, wenn sie doch nichts von dem schwarzen Hengst wissen konnte? In Gedanken suchte ich nach immer neuen Entschuldigungen. Ich sagte mir, daß es eine Menge Gründe geben konnte, weshalb Chav das Pferd tagsüber dort unten in der Senke versteckte und keiner davon erfahren sollte. Vielleicht waren Pferde auf dem Schulgelände nicht erlaubt. Oder er wollte nicht, daß alle Rom streichelten. Er wollte den Hengst einfach für sich allein haben.

Oder vielleicht gehörte Rom ihm gar nicht.

Was, wenn er Rom gestohlen hatte? Sagt man Zigeunern nicht nach, daß sie Pferde stehlen? Was, wenn er bei Topher Pferde klaute? Was, wenn er Diddel klaute?

Falls irgend etwas Schlimmes passieren sollte, wäre es meine Schuld, weil ich nichts gesagt hatte.

Und doch beantwortete ich Mindas Frage nicht. »Reit weiter«, sagte ich.

»Wollen wir ein Stück galoppieren?«

Natürlich wollte ich. »Wer? Ich? Galoppieren? Niiiiiie!«

Minda brauchte sich nur in die Steigbügel zu stellen und ein wenig vorzubeugen, und schon preschte Dude los. Ich mußte Paradiddel mit den Fersen antreiben. Sie galoppierte wie ein Schwein. Wer jetzt aber glaubt, Schweine könnten nicht schnell rennen, täuscht sich. Während wir über die Felder donnerten, jauchzte ich vor Glück – und dachte doch insgeheim: Wetten, daß Rom schneller ist als der Wind?

* * *

Chav wachte auf, weil er geträumt hatte, eine Riesenhand würde ihn schlagen, ihm den Kopf zerschmettern, daß das Blut herunterlief. Zitternd lag er da und konnte nicht wieder einschlafen. Es war zu kalt. Aber vielleicht war es auch nicht nur die Kälte, die ihn wach hielt. Ihm tat alles weh, als sei er tatsächlich verprügelt worden, und er hatte wieder dieses merkwürdige Gefühl in der Brust, bei dem er nicht mehr still liegen konnte. Er gab ihm nach, warf die Hälfte seiner Decken über Baval, die andere Hälfte über Chavali, zog seine Schuhe an und kroch aus dem Silo.

Die Nacht war so schwarz wie sein Traum. Er sah die Hand vor Augen nicht, doch es tat gut, aufrecht zu stehen. Er reckte sich, dann überlief ihn ein Schauder, und er schlang die Arme um den Oberkörper. Kalt.

Bestimmt war auch dieses verdammte Gadjo-Mädchen schuld, daß er nicht mehr schlafen konnte – ausgerechnet Gray mußte sie heißen! Als sie hier aufgetaucht war, hätte er sofort Baval und Chavali nehmen und weiterziehen müssen. Er mochte sie, weil sie Pferde liebte, aber das war kein Grund für ihn, ein Risiko einzugehen. Was wäre, wenn sie den Mund nicht hielt? Wenn die Behörden kämen und ihn ins Gefängnis steckten? Oder ihn und Baval und Chavali in eine dieser entsetzlichen Anstalten einwiesen, die genauso schlimm waren wie Gefängnisse? Oder, was am allerschlimmsten wäre, wenn sie sie zu ihrem Vater zurückschickten? Das Gadjo-Mädchen wußte zuviel. Er sollte längst weg sein.

»Ich gehöre dem uralten Volk der Roma an«, rief er in spöttischem Ton in die Nacht. »Ich laufe vor nichts davon.«

Das war der größte Witz. Seine Mutter war keine Prinzessin gewesen – eher eine Sklavin. Der Vater hatte sie praktisch als Fußabtreter benutzt. Sie hatte alles getan, was er gesagt hatte, und er hatte ihr alles genommen, was an ihre

Zigeunerherkunft erinnerte, selbst ihre Sprache; sie hatte kein Roma mehr sprechen und es auch ihren Kindern nicht beibringen dürfen. Chav konnte nur wenige Worte.

Diese Gray, dieses Gadjo-Mädchen, wußte genau, daß er nichts als ein großer Schwindler war – er sah es an ihren Augen. Sie wußte, daß er sein ganzes elendes Leben lang davonlaufen würde, so lang, bis er ihm ein Ende setzte. Sie durchschaute ihn. Sie wußte zuviel.

»Idiot«, schimpfte er sich selbst. »Feigling.« Er joggte auf der Stelle und ging dann die Wiese hinauf, um warm zu werden. Seine tauben Füße stolperten über den unebenen Boden; er sah nicht, wohin er trat. Der Druck auf seiner Brust war schlimmer denn je.

Selbst wenn Gray keine Gefahr darstellte, war es Zeit, allerhöchste Zeit ... Er und seine Geschwister sollten längst auf einem Güterzug Richtung Süden sein, vielleicht nach Florida oder Texas oder Georgia, irgendwohin, wo es warm war und man den Winter verbringen konnte. Das hatten sie im letzten Jahr gemacht, und es war okay gewesen. Es war auch der Grund, weshalb er hier war, direkt an der Bahnlinie: damit sie auf einen Güterzug aufspringen konnten. Züge kamen hier jeden Tag vorbei. Einige hielten sogar aus unerfindlichen Eisenbahngründen. Doch er hatte diese Tatsache bis jetzt noch nicht genutzt.

Letztes Jahr hatten sie Rom noch nicht gehabt.

Vor ihm schien sich die Nacht zu verdichten und noch schwärzer zu werden. Chav blieb stocksteif stehen – eine Gestalt kam auf ihn zu, wie in seinen Alpträumen, wenn ihn dieser gigantische Schmerz aus dem Nichts überfiel. Doch dann hörte er das leise Klappern unbeschlagener Hufe. »Rom«, flüsterte er, und als das Pferd bei ihm war, warf er ihm die Arme um den Hals und lehnte sich an die warme Schulter des Hengstes.

Nach ein paar Minuten ließ der Druck auf seiner Brust nach. Gut. Wenn er eines nicht wollte, auf gar keinen Fall und nie und nimmer, dann war es das: vor Baval und Chavali die Nerven verlieren. Bislang war ihm das gelungen. Während der eineinhalb Jahre, die sie nun auf sich allein gestellt waren, hatte er sie nicht geschlagen und nicht einmal angeschrien – im Gegensatz zu ihrem lieben Vater.

In Chav bäumte sich die Wut auf. Eines Tages würde sie ihm ein Loch in die Brust reißen, und dann gute Nacht, Welt!

Er atmete ein paarmal tief durch und versuchte seine Gedanken zu ordnen. In manchen Nächten dachte er sich Lieder oder Gedichte aus, wenn er nicht schlafen konnte. So konnte er echt bleiben, wenn die Strafe ihn kleiner und kleiner machen wollte und weniger und weniger, bis er gar nichts mehr war, kein Mensch mehr.

Er sagte dem Pferd leise, was er sich ausgedacht hatte:

»Mein Pferd leuchtet
wie schwarze Neonreklame
im schwarzen Fenster einer Bar
in einer schwarzen, regennassen Nacht
so schlüpfrig, daß sie weiß wirkt.
Mein Pferd geht
wie eine schwarze Harley schnurrt
wie ein schwarzes Feuer lodert –«

Rom beschnupperte seinen Rücken.

Chav versuchte es nicht weiter. Die Brust tat weh. Worte hatten zwar Kraft, doch diesmal halfen sie nicht. Sie konnten ihm nicht dabei helfen, Rom im Stich zu lassen.

Rom war – Rom war ein Grund zu leben, und der Gedanke brachte ihn fast um.

»Was soll ich nur machen?« flüsterte er dem Pferd ins Ohr. »Ich habe dich da rausgeholt, und jetzt kann ich dich nicht mitnehmen. Daß du auf einen Güterzug aufspringst, ist ausgeschlossen.«

★ ★ ★

Für den nächsten Tag hatte Minda sich vorgenommen, ihre Urgroßmutter im Altersheim zu besuchen; ich fragte Liana, ob ich reiten könne.

»Muß das sein?« fragte sie zurück, und das war das Äußerste, was ich an Rüge je von ihr zu hören bekam. »Ich dachte, wir könnten mal wieder etwas gemeinsam machen. Einen Einkaufsbummel oder so.«

Sie wollte, daß ich ihr Gesellschaft leistete.

»Bitte«, bettelte ich, »mit dem guten Wetter ist es sicher bald vorbei.«

Das stimmte. Andererseits war es eine Lüge, denn ich verheimlichte ihr Dinge, wie zum Beispiel den wahren Grund, weshalb ich reiten gehen wollte, und die Päckchen mit Rosinen und die Schokoriegel und Käsekräcker und belegten Brote, mit denen ich meine Taschen gefüllt hatte. Ich hatte ein schlechtes Gewissen und fühlte mich ganz elend, als sie mich zum Reitstall fuhr, sagte aber trotzdem nichts.

Topher kam gerade aus dem Haus, als wir auf den Hof fuhren. »Hallo, Gray«, rief er, doch dann ging er um den Wagen herum und begrüßte meine Tante. »Hallo, Mrs. Quinn, wie geht's?« Und er blieb stehen und unterhielt sich durchs Wagenfenster mit ihr. Das hatte er vorher noch nie gemacht, aber wir leben in einem freien Land ... Ich ging und holte Diddel und hörte deshalb nicht, was sie sprachen.

Als ich Diddel striegelte, kam Topher in den Stall und schaute mir zu.

»Wie geht's?« fragte ich.

»Besser.«

»Besser als was?«

»Besser als vorher. Gray, kann ich dich etwas fragen?«

»Klar.« Ich hörte auf, Diddel zu putzen, damit ich ihn anschauen konnte. Er sah mich nicht direkt an.

»Falls es dir zu persönlich ist, brauchst du nicht zu antworten«, meinte er. »Ich habe mich nur gefragt – jemand hat mir erzählt – deine Tante hat ihren Mann und die Kinder bei einem Bootsunfall verloren. Stimmt das?«

Bis jetzt war es ganz offensichtlich nicht mein Tag. Ich spürte, wie in mir alles taub wurde, als sei ich ein ausgestopftes Tier, das der Öffentlichkeit zur Besichtigung freigegeben worden war. So ging es mir immer, wenn jemand auf das Thema zu sprechen kam. Ich zwang mich dazu, zu nicken und etwas zu sagen: »Meine Mutter, mein Vater und mein Bruder auch. Derselbe Unfall.«

»Oh, meine Güte, das tut mir leid!« Topher sagte es so, als meine er es wirklich ernst. »Ich – ich wußte nicht, daß es auch dich betrifft.«

Ich wandte mich wieder Diddel zu und striegelte weiter. »Ich möchte nicht darüber reden.«

»Ist schon gut. Mußt du auch nicht. Dämlicher Kerl«, brummte er und tippte sich an die Stirn. »Seit meiner Scheidung war ich so damit beschäftigt, mir selber leid zu tun, daß ich mich um nichts anderes mehr gekümmert habe.«

Wenigstens verstand er, daß ich nicht darüber sprechen konnte. Meine Großmutter und andere Leute behaupteten ständig, ich müßte es wenigstens versuchen, daß ich nie wirklich darüber wegkommen würde, wenn ich nicht darüber redete. Aber da war nichts zu machen. Ich konnte es einfach nicht.

»Sag mir nur noch eines«, bat Topher. »Wie lang ist es her?«

»Zwei Jahre.« Ein bißchen mehr inzwischen. Der zweite Jahrestag, wenn man das so nennen kann, war im August gewesen. Zwei Monate, bevor Chav aufgetaucht war.

»Es geht mich ja wirklich nichts an«, sagte Topher leise, fast so, als rede er mit sich selbst, »aber – ich habe deine Tante erst jetzt richtig kennengelernt. Wir haben lang miteinander geredet, an dem Abend, als du so verdammt lang unterwegs warst. Sie machte sich Sorgen, aber sie ist nicht ein einziges Mal laut geworden oder hat versucht, mir die Schuld zuzuschieben, wie viele andere Eltern das getan hätten. Herrje, statt dessen hat sie noch versucht, *mich* zu beruhigen. Sie ist wirklich eine!«

Das klang nach Liana. Ich nickte Topher zu und machte Diddel weiter glücklich – sie liebte es, mit der Gummibürste gestriegelt zu werden.

Topher schaute mir noch eine Weile zu. Ich nehme an, er spürte, daß mich die ganze Sache immer noch mitnahm. Jedenfalls brachte er mir kurz darauf den Sattel, obwohl ich den auch selber hätte holen können. »Du«, sagte er, »es tut mir leid. War wirklich dumm von mir, das zu fragen.«

»Hör auf mit deiner Leidtuerei«, brummte ich. »Du kannst mich jederzeit dumme Sachen fragen.«

Das stimmte. Ich mochte Topher sehr. Auf eine Art sogar mehr als Chav, denn Topher zu mögen war einfach, und Chav zu mögen war kompliziert. Auf eine andere Art mochte ich Chav aber mehr, denn mit ihm zusammenzusein war wie einen schwarzen Hengst reiten.

5.

Als ich zu der nicht mehr bewirtschafteten Altland-Farm kam, war niemand zu sehen, doch Rom graste am Waldrand, und ich hörte Stimmen. Ich ließ Diddel auf der Wiese weiden und entdeckte kurz darauf Chav und Baval und Chavali unten am Fluß, wo sie mit irgendwelcher flüssigen Seife herumhantierten – grünes, schleimiges Zeug, das mir bekannt vorkam. Es war eigentlich zum Händewaschen gedacht, doch sie wuschen ihre Kleider damit.

Ich sagte hallo und schaute eine Weile zu. Die Kleinen lachten und spritzten mit Wasser herum. Wenn sie mit Chav zusammen waren, schien die Welt für sie automatisch in Ordnung zu sein; sie gingen davon aus, daß er auf sie aufpassen würde, und wahrscheinlich hatten sie recht. Aber ihn mußte die Verantwortung niederdrücken, wie ein Fohlen, das drei Reiter trägt.

Er sagte nichts. »Die Seife stammt aus der Toilette in der Schule, stimmt's?« fragte ich.

Er schaute auf. »Stimmt.« In seiner Stimme lag ein herausfordernder Unterton, doch ich ließ mich auf keinen Streit ein.

Ich setzte mich auf die Erde, und er wusch weiter – wahrscheinlich seine gesamte Garderobe: ein zweites Paar Hosen und zwei Hemden. Die Sachen waren unmöglich, aber sie paßten zusammen. Das heißt, sie waren alle schwarz.

»Warum trägst du nur schwarz?« fragte ich ihn.

»Ich mag Schwarz. Es steht für den Tod, und dem gehören die guten Menschen.«

Es gab Schüler an unserer Schule, die total ausgeflippt herumliefen und solche Sachen sagten, um die Erwachsenen zu schocken. Aber Chav sagte es nicht, um mich zu schokken. Er meinte es so.

Ich sagte: »Meine Mutter ist auch tot.«

Wo war das plötzlich hergekommen? Ich hatte bestimmt nicht die Absicht gehabt, darüber zu reden. Mir war nicht einmal bewußt gewesen, daß ich einen Teil seiner Geschichte glaubte, nämlich den, daß seine Mutter tot war wie meine.

Er hörte mit dem Spülen seiner Kleider auf und schaute mich an. Baval und Chavali schauten mich ebenfalls stumm an.

Ich sagte: »Meine Mutter und mein Vater und mein Bruder sind alle tot.«

Sie sagten nichts, zogen nur ihre Kleider aus dem Wasser, hängten sie über Büsche und gingen zurück zu ihrer Burg. Doch irgendwie sagte mir ihr Schweigen, daß es okay war, wenn ich sie weiter besuchte.

»Wir haben was zum Mittagessen«, verkündete Baval beim Silo voller Stolz, als sei ein Mittagessen etwas Besonderes. Er zog mich durch den niederen Eingang und zeigte mir einen Stapel kalter, durchgeweichter, zerdrückter und einzeln in Papier eingeschlagener Hamburger.

»Chav hat sie besorgt«, erzählte Chavali, kauerte sich hin und hob ein Paket mit beiden Händen hoch, als sei es etwas sehr Wertvolles.

»Hat er sie gekauft?« Dann müßte er sein Geld zurückkriegen, dachte ich im stillen.

»Rom und ich haben sie aus der Mülltonne geholt«, antwortete er von draußen. »Um zwei Uhr heute nacht.« Wieder forderte sein Ton mich heraus, es zu wagen und ihm zu sagen, daß er sich schämen solle.

»Ob sie sich wohl bis zum Abendessen halten?« erwiderte ich im gleichen scharfen Ton. »Ich habe nämlich auch was zum Mittagessen mitgebracht.«

Ich leerte meine Taschen, und Chav erlaubte den Kleinen, sich ein belegtes Brötchen zu nehmen und zu essen. Dann gab ich ihm ein Zeichen. Ich wollte einen Augenblick unter vier Augen mit ihm reden. Wir gingen die Wiese hinauf zum Waldrand, wo die Pferde grasten.

»Mr. Fischel weiß, daß ihr hier seid«, sagte ich. »Aber er nimmt an, daß ihr zu einer ganzen Zigeunersippe gehört. Er sagt, ihr klaut.«

»Tu ich ja auch«, sagte Chav, wobei er mich direkt ansah, mit stolz erhobenem Kopf und durchdringendem Blick. Knallhart, und doch – wollte er mein Vertrauen? »Machen das nicht alle Zigeuner? Lügen und stehlen?«

»Du – du stiehlst tatsächlich?«

»Kleider aus den Müllsäcken der Fürsorge. Decken aus Scheunen. Hamburger bei *McDonald's*.« Sein Ton war spöttisch.

Ich stellte fest, daß ich auf seiner Seite war. Ich meine, was sollte er sonst machen? Wenn er versuchen würde, einen Job zu bekommen und zu arbeiten, wären die Leute, mit denen er es dabei zu tun hätte, wie Mrs. Higby: Sie würden seinen vollen Namen wissen wollen, seine Adresse und die Steuernummer. Und diese Dinge durften einfach nicht bekannt werden. Dafür hatte er seine Gründe. Gute Gründe wahrscheinlich.

»Mr. Fischel will, daß Mr. Altland euch wegjagt«, berichtete ich.

»Das ist nichts Neues«, erwiderte Chav immer noch in diesem verächtlichen Ton.

»Ich wollte es dir nur gesagt haben.«

»Okay. Ich hab's gehört. Wer ist dieser Mr. Fischel?«

Ich erklärte es ihm, und als ich damit fertig war, standen wir eine Weile stumm nebeneinander und streichelten die Pferde. Rom war in seiner Grobknochigkeit als Hengst wirklich wunderschön. Großer römischer Kopf, kräftige Beine, kurzer Rücken, schlanker Leib, bei dem die Rippen zu sehen waren und der sich an den Flanken nach innen wölbte. Wilde, zottige Mähne wie die eines Mustangs. Wie die von Chav. Narben auf den Schultern.

»Wie ist er zu den Narben gekommen?« wollte ich wissen.

»Beim Kämpfen.«

Ich sagte mir, daß Chavs unfreundlicher Ton der Welt im allgemeinen galt und kein Grund für mich war zurückzufauchen.

»Rom ist wie ich, er mußte lernen, wie man kämpft. Kämpfen oder untergehen.«

»Gegen andere Pferde kämpfen?«

»Ja.« Er verdrehte die Augen. Okay, das war eine blöde Frage gewesen. »In meinem Fall gegen Leute kämpfen, die versuchen, mir oder Baval oder Chavali etwas zu tun. Oder Rom. Rom faßt keiner an.«

Mit einer Ausnahme. Ich stand da und kraulte dem schwarzen Pferd den Hals, und es gefiel ihm. »Was für eine Rasse ist er?«

»Zigeuner.«

Von dieser Pferderasse hatte ich noch nie gehört. Log Chav tatsächlich?

»Das bedeutet der Name *Rom*. Daß er ein Zigeunerpferd ist.«

Nein, Chav war kein Lügner. Er war – ein Poet. Er hatte seine eigene Art, die Wahrheit zu sagen.

»Woher hast du ihn?«

Ein Lügner hätte sich eine Geschichte ausgedacht. Doch Chav seufzte und meinte leise, fast freundlich: »Das kann ich dir nicht sagen.«

Ich tätschelte Rom den Hals und betrachtete Chav eine

Weile, und dann fragte ich ihn: »Kommst du morgen in die Schule?«

»Ja.«

* * *

Tagebuch — *Literatur*
22. Oktober — *Mrs. Higby*
Chav

Gestern nach der Schule haben Matt Nerring und Fischy Fischel und ein paar von ihren Freunden mich hinter der Turnhalle abgefangen und versucht, mich fertigzumachen. Sie haben gehört, daß ich ein Zigeuner bin, und das ist für sie ein ausreichender Grund, mit mir zu machen, was sie wollen. Als ob sie noch einen Grund bräuchten – ich bin anders, das genügt doch schon. Sie haben mich »dreckiger Zigeuner« genannt und was sonst noch üblich ist und eine Weile auf mich eingedroschen, bis sie es mit der Angst zu tun bekamen und abgehauen sind. Ich habe auch nicht schlecht ausgeteilt, und ich bin auf den Beinen geblieben. Sie haben es nicht geschafft, mich auf den Boden zu kriegen. Aber jetzt tut mir alles weh, jeder Knochen, der jemals gebrochen war, tut weh, und es fällt schwer, so zu tun, als sei nichts passiert.

Ein Zigeuner – ha! Ich nenne mich Sohn der Roma, aber das Blöde ist, sollte ich je den Stamm meiner Mutter finden, würden sie mich »stinkender Gadjo« schimpfen und davonjagen. Deshalb versuche ich gar nicht erst ernsthaft, sie zu finden. Und ich denke nicht zuviel nach. Wenn ich zuviel darüber nachdenke, wie mein Leben wirklich ist, werde ich verrückt.

Ich glaube nicht, daß die Gadjo-Deppen schon von Baval und Chavali wissen. Mit mir können sie machen, was sie wollen, aber sobald sie sich an Baval oder Chavali vergreifen, bringe ich sie um.

Ich muß mich endlich entschließen, bald hier wegzugehen, sonst nimmt das Wetter mir die Entscheidung ab. Ich glaube, ich bleibe noch, weil mir die Farbe der Blätter so gefällt. Sie erinnert mich an die Hölle.

* * *

Tagebuch	*Literatur*
22. Oktober	*Mrs. Higby*
Gray Calderone	

In Chemie sollte unsere Gruppe heute ein Gemisch aus Sand und Eisenspänen und Salz und solchen Sachen trennen, und Fischy Fischel (eine Art Peck-Fischel-Klon) spielte sich wieder auf und machte Rabatz. Ich habe ihm gesagt, er soll aufhören, denn wenn er das Experiment vermasselt hätte, hätten wir alle eine schlechte Note bekommen. Er hat auch aufgehört, aber er nannte mich eine blöde Zippelgusse. Nur weil ich gesagt habe, was ich denke. Ich glaube nicht, daß er so was auch getan hätte, wenn ich ein Junge wäre. Oder vielleicht hätte ich es nicht hingenommen, wenn ich ein Junge wäre.

Aber mit meinem verletzlichen Ego kann ich mir gar nicht vorstellen, ein Junge zu sein. Ich wünschte, Adam wäre hier. Er könnte mir alles erklären, zum Beispiel, warum Jungen Mädchen so herablassend behandeln und sie Nutten und Doofbacken schimpfen. Ich nehme an, nicht alle Jungen müssen so sein. Adam war anders. Er kümmerte sich um andere Menschen, um alle, selbst um seine unmögliche kleine Schwester. Ich lief ihm ständig hinterher und wollte auch mitmachen, wenn sie Fußball oder sonst etwas spielten. Die anderen Jun-

gen versuchten mich loszuwerden, aber Adam sagte: »Laßt sie, sie ist genauso gut wie ihr.« Dann lachten sie, als sei das eine Beleidigung, aber ich glaube nicht, daß Adam es so gemeint hat.

Warum müssen Mädchen und Jungen so unterschiedlich sein? Jungen kriegen ein Stadion, Mädchen eine Ballettschule. Jungen kriegen Sportwagen, Mädchen ein Pferd. Nicht, daß ich das schlecht finde. Aber wie kommt es, daß nur Mädchen Pferde lieben? Ich kenne außer Topher nur ein einziges männliches Wesen, das Pferde genauso gern hat wie ich, und das ist Chav.

Ich werde nicht schlau aus Chav. Er ist nicht wie die anderen Idioten, aber wie Adam ist er auch nicht, außer daß er sich um Baval und Chavali kümmert. Das steht fest und auch, daß er eines Tages verschwinden wird und ich ihn nie wiedersehen und für den Rest meines Lebens vermissen werde, wie ich Adam vermisse.

* * *

Als ich von der Schule nach Hause kam und das Polizeiauto in unserer Einfahrt stand, hätte ich sofort wissen müssen, daß etwas im Busch ist. Aber erst mal machte ich mir keine Gedanken darüber.

»Hallo, Großvater«, sagte ich unter der Küchentür und knallte meine Schultasche auf den Tisch. »Hallo, Liana.«

»Hey, hallo, Gray.«

Er schien sich ehrlich zu freuen, mich zu sehen. Aber mir fiel auf, daß er seine Krawatte noch umhatte, und das ließ mich stutzig werden, weil er sie normalerweise abnahm und irgendwo hinlegte, sobald er das Haus betrat. Deshalb war er zwar trotzdem noch im Dienst – ein Polizist ist immer Polizist –, aber manchmal war er eben mehr Großvater und weniger Polizist. An diesem Tag war das jedoch offensichtlich nicht der Fall.

»Komm, gib mir einen Kuß.« Mein Großvater nahm mich in den Arm. Ich drückte ihn ebenfalls, aber als er mich mit seinem Schnauzbart zu kitzeln versuchte, machte ich mich los und fragte, was Sache sei.

»Dir kann man wohl nichts vormachen, Adlerauge«, flachste er, und als ich ihn weiter fragend anschaute, sagte er: »Ich muß ein bißchen Zeit totschlagen, bevor ich noch einmal zu der ehemaligen Altland-Farm rausfahre. Eben war niemand da. Nur ein paar vergammelte Decken habe ich gefunden. Jemand hat dort campiert. Und Pferdeäpfel. Weißt du zufällig, ob da draußen jemand ein Pferd gehalten hat?«

Er schlug nicht nur die Zeit tot. Er fragte mich aus. Ich versuchte, nicht in Panik zu geraten und auch nicht zu lügen, und fragte deshalb nur zurück: »Woher denn?«

»Ich dachte, du kennst jedes Pferd hier im Umkreis. Reitet ihr manchmal da raus, Minda und du?«

»Nein.« Das war keine Lüge; Minda war noch nie dabeigewesen. Bevor er mir die nächste Frage stellte, wollte ich endlich wissen, was eigentlich los war. »Hat Mr. Fischel dich angerufen oder was? Er behauptet, da draußen seien Zigeuner.«

»Ich glaube nicht immer alles, was Peck Fischel sagt, aber diesmal hat er allen Grund, sich aufzuregen.« Mein Großvater setzte sich an den Tisch. »Letzte Nacht hat jemand die Gräber seiner Familie verwüstet.«

»Die Grabsteine umgeworfen«, ergänzte meine Tante. Mir war noch gar nicht aufgefallen, wie still sie war; jetzt wußte ich, weshalb. Sie war den Tränen nah. »Ein paar davon sogar zerschlagen. Wie kann man nur so etwas tun?«

»Mit Dans Grab wird das nicht passieren«, sagte mein

Großvater und griff über den Tisch nach ihrer Hand. »Und auch nicht mit dem von Carrie oder Cassie.«

Zu dem Zeitpunkt machte ich mir nur Sorgen um Chav und konnte die Gefühle der beiden nicht wirklich nachvollziehen. Später, als ich die weißen Marmorengel mit abgeschlagenem Kopf auf der Erde liegen sah, begann ich sie zu verstehen.

Ich sagte zu meinem Großvater: »Und Mr. Fischel glaubt, daß die Zigeuner es waren? Warum sollten die so was machen?«

Mein Großvater drückte noch einmal die Hand meiner Tante, ließ sie dann los und stand auf, als wollte er gehen. »Soviel ich weiß, sind nur drei Kinder auf der Altland-Farm, keine ganze Zigeunersippe.«

Ich bekam es mit der Angst zu tun, und gleichzeitig packte mich die Wut. »Aber warum sollten sie so etwas machen?« rief ich. »Warum müssen alle immer alles auf Kinder und Zigeuner schieben?«

Zuerst schien er wütend zu sein, weil ich es gewagt hatte, ihn anzuschreien, doch dann begann er in sich hineinzulachen. »Kinder und Zigeuner«, gluckste er.

»Warum?« fragte ich noch einmal. Dann zwang ich mich zur Ruhe. »Glaubst du, daß sie es waren?«

Er zuckte mit den Schultern. »Bevor ich nichts herausgefunden habe, kann ich es nicht wissen. Aber selbst wenn sie es nicht waren, sind sie wahrscheinlich von zu Hause ausgerissen. Und sie haben auf der Altland-Farm nichts verloren.«

Ich versuchte es als Scherz hinzustellen und fragte: »Und was macht ihr mit Kindern, die von zu Hause ausgerissen sind und sich widerrechtlich auf einer Farm aufhalten? Werft ihr sie ins Gefängnis?«

»Wir würden sie wahrscheinlich dem Jugendamt übergeben.«

Da wußte ich, daß ich etwas unternehmen mußte. Ich war ja nicht blöd – ich wußte, daß Chav Rom gestohlen hatte. Sie würden es herauskriegen und ihn in ein Heim für jugendliche Straftäter stecken. Das würde bedeuten, daß man ihm Baval und Chavali wegnehmen würde, und etwas Schlimmeres konnte ihm nicht passieren. Ohne seinen Bruder und seine Schwester – ich wußte nicht, was Chav ohne seinen Bruder und seine Schwester tun würde. Ich wußte nur, daß es nicht so weit kommen durfte.

Ich bemühte mich um einen ruhigen, lockeren Ton, als ich meinen Großvater fragte: »Fährst du gleich noch einmal raus?«

»Ja.«

»Nimmst du mich mit bis zum Reitstall?«

Unterwegs sagte ich so ganz nebenbei zu meinem Großvater: »Du solltest vielleicht mal mit Topher reden.«

»Mit wem?«

»Topher Worthwine. Ihm gehört der Reitstall. Vielleicht weiß er was.«

»Wie kommst du darauf?«

Ich zuckte mit den Schultern. »Ist mir nur so eingefallen. Er wohnt direkt unterhalb vom Friedhof. Vielleicht hat er was gesehen.«

Ich versuchte zwar, mir nichts anmerken zu lassen, aber ich hielt den Atem an. Von seiner Reaktion auf meinen Vorschlag hing alles ab. Falls mein Großvater direkt zur Altland-Farm fuhr, würde ich es nie rechtzeitig schaffen.

»Hm.« Mehr sagte er nicht. Und ich wußte, daß ich mich nicht trauen würde, ihn weiter zu drängen. Wenn ich es übertrieb, schöpfte er womöglich Verdacht. Ich sagte also nichts mehr, aber ich hatte solche Angst, daß meine Hände eiskalt waren.

Als wir zum Reitstall kamen, stieg mein Großvater aus und ging Topher suchen.

Es hatte funktioniert! Ich lief auf die Weide und holte Diddel, zog sie zum Stall und warf ihr den Sattel über, ohne sie vorher gebürstet zu haben. Meine Hände waren jetzt zwar nicht mehr kalt, aber sie zitterten. Daß mein Großvater ausgestiegen war, verschaffte mir ein paar zusätzliche Minuten, doch würde das genügen?

Als ich Diddel aus dem Stall führte, sah ich meinen Großvater davonfahren. Er mußte die Straße ganz hinunter fahren, nach rechts abbiegen und wieder bis zum Ende fahren und dann noch ein langes Stück über eine Schlaglochpiste holpern, bis er die Altland-Farm erreichte. Mit ein wenig Glück konnte ich vor ihm dort sein.

Topher schaute mich ganz merkwürdig an, als er sah, wie eilig ich es hatte. »Hat die Eile zufällig etwas mit den Zigeunerkindern zu tun?« fragte er.

»Wie kommst du darauf?« Diese Gegenfrage paßte, wie ich feststellte, auf fast alles. Und bevor er antworten konnte, ritt ich im leichten Trab vom Hof.

Den Hügel hinauf und am Friedhof vorbei ließ ich Diddel leichttraben – doch selbst im Vorbeireiten sah ich, daß sämtliche Grabsteine umgeworfen und einige mit häßlichen Wörtern in Sprayfarbe verschandelt worden waren. Der Anblick traf mich wie eine Ohrfeige. Ich spürte, wie ich Magenschmerzen bekam. Falls irgend jemand das mit Adams Grab tat, ich würde – ich würde – ich wußte nicht, was ich tun würde. Weinen, höchstwahrscheinlich. Als ob ich nicht schon genug geweint hätte. Und wahrscheinlich waren es auch noch Kinder in meinem Alter, die es getan hatten. Kinder glauben nicht an den Tod, sie verstehen es nicht, es sei denn, jemand, den sie lieb hatten, ist gestorben.

Chav war anders. Er glaubte an den Tod – er trug

Schwarz, weil es die Farbe des Todes war. Er hatte seine Mutter geliebt, und sie war gestorben. Er könnte so etwas nicht tun.

Nachdem der Friedhof hinter uns lag und wir den Hügel auf der anderen Seite wieder hinuntergeritten waren, setzte sich Diddel, klein und rund und wollig, wie sie war, in Bewegung und galoppierte tatsächlich los. Sie muß etwas von dem gespürt haben, was ich spürte, denn so schnell war sie noch nie gelaufen.

Auf dem Schotter der Bahnlinie ließ ich sie traben, doch als wir die Wiese erreichten, ließ ich die Zügel wieder lokker. Rom graste nicht weit entfernt, und von meinem Großvater war noch nichts zu sehen. Ich hatte es rechtzeitig geschafft.

»Chav!« brüllte ich. Auf der Wiese konnte ich ihn nirgends entdecken, doch in der dunklen Öffnung des Silos bewegte sich etwas. Chav schaute mich einen Augenblick lang an, dann wandte er sich wieder ab.

»Chav, komm raus!« Ich trabte hinüber und brachte Diddel nach Cowboyart zum Stehen. »Die Polizei kommt. Ihr müßt hier weg.«

Er antwortete nicht und schaute mich auch nicht mehr an. Ich sah nur seinen vornübergebeugten Rücken.

»Chav, die Polizei kommt!« War er taub oder was? Ich wollte nicht absitzen, weil ich ja doch gleich wieder aufsitzen mußte und mich das nur Zeit kosten würde, aber wie es aussah, mußte ich doch runter. Ich schwang mich aus dem Sattel, ließ die Zügel hängen, damit Diddel stehenblieb, und schlüpfte in das Silo.

»Chav, bist du verrückt? Komm in die Gänge!«

Er schien mich nicht zu hören. Er sagte etwas, doch es schien nicht mir zu gelten. »Sie ist krank.«

Es war schwierig, da drin etwas zu erkennen – zu dunkel.

Ich sah nur, daß Baval sich an die hintere Mauer gedrückt hatte und Chav Chavali im Arm hielt.

»Sie ist krank«, sagte er noch einmal. »Sie ist wirklich krank.« Er hörte sich an, als könne er jeden Augenblick zusammenbrechen. »Ich hätte sie hier wegbringen müssen. Es ist meine Schuld.«

6.

»Bring sie da raus, damit ich sie mir anschauen kann«, sagte ich.

Ich mußte es zweimal sagen, und auch dann bewegte sich Chav noch wie ein Schlafwandler, aber er kam aus dem Silo heraus. Er hatte Chavali so in eine Decke gewickelt, daß ich nur ihr Gesicht sehen konnte. Sie hatte die Augen geschlossen, sah heiß und fiebrig aus, und die Wangen waren voller kleiner roter Flecken.

»Windpocken.« Das war nicht nur eine Vermutung, ich war mir ganz sicher, denn ich konnte mich noch gut daran erinnern, wie es war, als ich sie selber hatte. Eindeutiges Indiz war das Bläschen in jedem roten Fleck. Es war nichts Schlimmes – an Windpocken kann niemand sterben. Als ich sie hatte, rief meine Mutter beim Arzt an, und er wollte mich nicht mal sehen. Er erkundigte sich nur, ob Bläschen in der Mitte der Flecken seien. Dann sagte er meiner Mutter, sie solle mich ins Bett stecken und dafür sorgen, daß ich nicht kratze. Chavali würde bald wieder gesund sein. Ich mußte trotzdem ein paarmal tief durchatmen, bevor meine Angst sich legte.

»Gib sie mir«, sagte ich, nahm Diddels Zügel und schwang mich in den Sattel.

Chav stand nur da und schaute mich an. Ich beugte mich hinunter, nahm ihm Chavali aus den Armen und setzte sie vor mich – meine Güte, war sie heiß! Als allererstes mußte das Fieber gesenkt werden. Sie schaute mich einmal kurz an, aber es ging ihr wohl so schlecht, daß sie die Augen gleich wieder zumachte. Ich hielt sie mit einer Hand fest und nahm die Zügel in die andere. »Ihr nehmt Rom«, sagte ich zu Chav.

Er rührte sich nicht. Baval schleppte Decken und Kleider aus dem Silo und versuchte, sie zu einem Bündel zusammenzurollen. »Laß das Zeug hier«, schnauzte ich ihn an und drehte Diddel in Richtung auf die Bahngeleise. »Schnappt euch Rom und *kommt*, alle beide!«

Ich hörte den Wagen im zweiten Gang den Weg herunterkommen.

Chav mußte ihn auch gehört haben, denn endlich kam Bewegung in ihn. Er lief los und sprang mit einem Satz auf Roms Rücken, dann reichte er Baval die Hand und zog ihn hinter sich. Um Zaumzeug und Zügel kümmerte er sich nicht. Er führte Rom mit den Knien und schlug die Richtung zum nächstgelegenen Versteck ein – dem Wald. Ich trieb Diddel zu einem gewagten Leichttrab an und folgte, wobei ich meine Beine brauchte, um mich am Pferd festzuhalten, und die Arme, um Chavali festzuhalten. Einen Augenblick lang dachte ich, ich würde entweder herunterfallen oder Chavali fallen lassen, und bekam wieder entsetzliche Angst.

Dann duckte ich mich unter Ästen. Zwischen den Bäumen ließ ich Diddel langsamer gehen, atmete wieder ein paarmal tief durch und schaute über die Schulter zurück. Der Wagen meines Großvaters streckte gerade die Schnauze hinter dem ehemaligen Wohnhaus hervor.

»Puuuh!« Eine Minute eher, und er hätte uns gesehen.

Vor uns zog Chav seinen Gürtel aus der Hose, legte ihn

Rom um den Hals und zog daran, bis das schwarze Pferd neben Diddel ging. Mit versteinertem Gesicht schaute er zu Chavali herüber. »Atmet sie?« fragte er, und mir fiel auf, daß sein Gesicht, immer wenn er Angst hatte, diesen steinernen Ausdruck annahm. Seine Stimme klang gepreßt.

»Natürlich atmet sie.«

»Wohin gehen wir?«

»Zu mir. Wir bringen sie ins Bett. Besorgen Arznei.«

»Ich bin schuld, daß sie krank ist.« Jetzt war seine Stimme vollkommen tonlos. »Wenn ich nach Süden gegangen wäre, als es Zeit war, hätte sie nicht gefroren, und es wäre nicht passiert.«

»Es wäre trotzdem passiert«, sagte ich. »Windpocken kriegt jeder irgendwann. Sie ist bald wieder okay.«

Wir kamen aus dem Wald heraus, ritten ein Stück an den Gleisen entlang und dann über die Felder in Richtung Reitstall. Nicht zu schnell – mein Herz klopfte vor lauter Eile, und selbst Diddel wollte schneller vorwärts, doch ich hielt sie zurück. Ich hatte Chavali vor mir und mußte vorsichtig sein.

Ich war so auf Chavali konzentriert, daß mir erst wieder einfiel, wie eigentlich alles angefangen hatte, als wir in Sichtweite des Fischelschen Familienfriedhofs waren.

»Ach, du liebe Zeit, Chav. Sie glauben, daß du die Grabsteine auf dem Friedhof der Fischels umgeworfen hast.«

»Was?« Er wußte nicht, wovon ich redete.

Wir waren so dicht dran, daß ich auf den zerbrochenen Engel deuten konnte. Da verstand er, wurde rot und meinte wütend: »Das soll ich gemacht haben?«

»Mr. Fischel will es auf die Zigeuner schieben.«

»Er ist verrückt. Ich würde doch Toten so etwas nicht antun.« Er hatte seine Stimme unter Kontrolle, doch ich konnte das schwarze Pferd des Zorns praktisch in seiner

Brust galoppieren hören, und das schwarze Pferd, das er ritt, muß es ebenfalls gehört haben. Rom brach aus und wollte davonstürmen.

»Sachte«, sagte Baval leise; er hielt sich an seinem Bruder fest. »Es wird alles gut.«

Chav antwortete nicht. Rom beruhigte sich etwas, schnaubte aber immer noch, als wir zum Reitstall kamen. Topher sah uns kommen. Er stand mit dem Wasserschlauch im Hof und füllte die Tröge. Seine hellen Augen wurden immer größer, als er Chav sah, der den Hengst lediglich mit einem Gürtel führte, den er ihm um den Hals geschlungen hatte. »Mannomann, Junge«, sagte er leise, ließ alles stehen und liegen und kam herüber. Er streckte die Hand aus, um Rom festzuhalten.

»Chav kommt schon allein zurecht«, rief ich. »Hilf mir lieber mit Chavali.« Ich hatte ohne Zweifel das Kommando übernommen, was in den Augen gewisser Leute wohl ein Merkmal blöder Zippelgussen ist. Doch Topher kam sofort herüber. Als ich ihm das kranke Mädchen hinunterreichte, stand sein Mund so weit offen wie die Augen.

»Was zum Teufel –«

»Ich muß meine Tante anrufen«, sagte ich.

»Das Kind ist krank.«

»Ich weiß. Topher, kannst du Rom für ein paar Tage hierbehalten? Das schwarze Pferd?«

Er blinzelte ungefähr fünfmal, doch dann nickte er. Später sagte er mir, daß es die Art gewesen sei, wie Chav den Hengst ritt, die ihn ja sagen ließ. Er hatte ein Vorurteil: Für ihn stand fest, daß ein Junge, der so reiten kann, nicht durch und durch schlecht sein kann, egal, was Peck Fischel sagte.

»Stell ihn in eine Box«, rief er Chav zu, und zu mir sagte er: »Ich fahre euch. Das geht schneller.«

Chav kam herüber und nahm Topher Chavali ab, anstatt

Rom in den Stall zu bringen. Der Hengst machte sich selbständig und wollte seine neue Umgebung erforschen. Chavali fing an zu weinen. Der Wassertrog lief über. Ein paar Minuten lang herrschte ein heilloses Durcheinander. Doch bald war wieder alles geregelt, das Wasser war abgestellt, die Pferde standen im Stall, und wir saßen in Tophers Kombi, Chav mit Chavali auf dem Schoß auf dem Rücksitz.

»Ins Krankenhaus, nehme ich an«, sagte Topher, als er den Wagen die Auffahrt entlangjagte.

»Nein!« Chav schien in Panik zu geraten. Im Krankenhaus würde man ihn ausfragen.

»Bring uns zu mir nach Hause«, bat ich Topher. »Es sind nur Windpocken. Lee kennt sich damit aus.«

»Bist du sicher?«

»Ganz sicher.« Ich erklärte ihm, weshalb ich so sicher war, und er glaubte mir. Das war noch ein Grund, warum ich Topher mochte. Er nahm mich ernst, so wie Liana.

»Aber – was wird deine Tante dazu sagen?« Er meinte wohl zu Chav und Baval und Chavali, die – na ja, im geschlossenen Wagen merkte man deutlich, daß sie alle miteinander zuerst ein Bad nötig hatten und dann einen Satz frischer Kleider.

»Sie nimmt das locker, du wirst sehen.« So sicher, wie ich mich hoffentlich anhörte, war ich mir in diesem Fall nicht, aber wie es sich herausstellte, traf meine Prognose zu.

Als wir ins Haus kamen, stand Liana gerade in der Küche und machte Brotteig. Sie sah Chav unter der Tür stehen mit dem harten, ruhelosen Blick und seiner kleinen Schwester auf dem Arm, und mehr brauchte es nicht.

»Lee, das sind Chav und Baval und Chavali …«, begann ich.

»Windpocken«, sagte sie.

»… und sie wissen nicht, wo sie sonst hingehen sollen.«

Sie schabte sich schon den Brotteig von den Fingern. »Dreh die Heizung in den nicht benutzten Zimmern auf. Chav, geh mit Gray und bring deine Schwester in das Zimmer am Ende des Flurs. Sie muß ins Bett.« Ihre Stimme klang sehr sanft, als sie mit ihm sprach. »Haben wir noch Tylenol für Kinder?« fragte sie mich oder vielleicht auch sich selber, da ich schon halb an der Tür war. »Nein, sicher nicht. Oder Haferflockenbad? Oder Caladryl-Salbe ...«

»Wenn Sie was brauchen, besorge ich es Ihnen«, bot Topher an.

»Wirklich?« Sie klang überrascht und froh, ihn zu sehen. »Ich hole rasch Geld.«

»Nein, das tun Sie nicht. Und wenn ich sonst noch helfen kann, brauchen Sie das nur zu sagen. Ich fühle mich mitverantwortlich, schließlich habe ich Ihnen diese drei Was-auch-immer-sie-sind hier ins Haus gebracht.«

Den Rest des Gesprächs hab ich verpaßt, weil ich ein Fieberthermometer für Chavali holen ging. Chav wollte sie nicht hinlegen. Anstatt sie in dem pfirsichfarbenen Zimmer, das einmal Cassie gehört hatte, in das rüschenverzierte Bett zu stecken, setzte er sich nur auf die Bettkante und hielt sie weiter im Arm.

»Reg dich ab, Chav«, meinte Baval und setzte sich neben ihn.

Ein paar Minuten später las Liana das Thermometer ab. »Achtunddreißig sieben. Das geht noch, aber wir sollten sie trotzdem in ein lauwarmes Bad stecken, damit wir das Fieber runterbekommen.« Sie schlug die Decken zurück, in die Chavali immer noch eingewickelt war, und fragte sie direkt: »Kommst du mit, Liebes? Wir lassen dir ein Bad ein, dann geht es dir bald wieder besser.«

Es war wie ein kleines Wunder. Die schüchterne Chavali lächelte und streckte ihr die Arme entgegen.

Zwei Stunden später, nach Hühnersuppe und Tylenol, einem Haferflockenbad und etwas Caladryl-Salbe auf den Flecken, ging es Chavali tatsächlich besser. Es ging ihr sogar so gut, daß sie Chav dazu brachte, etwas zu tun, was er eigentlich nicht tun wollte.

»Die Geschichte!«

»Nicht jetzt.«

»Doch, jetzt!«

»Ach komm, Chavali, laß mich in Frieden.«

Sie waren in dem pfirsichfarbenen Zimmer, wo Chavali inzwischen eingemummelt im Bett lag, und Liana und ich standen in der Küche und räumten nach unserem späten Abendessen auf. Ihre Stimmen drangen über den Flur.

»Ich kann nicht«, sagte Chav. Er klang sehr müde. »Baval, erzähl du sie ihr.«

»Nein, du mußt sie erzählen. Du kannst dich noch an alles erinnern.«

Ich schaute Liana an, und meine Augen sagten: Das ist aber merkwürdig. Baval ist nicht so viel jünger, er müßte sich doch an das meiste selbst erinnern können.

Sie nickte und hörte auf, mit den Backblechen zu klappern. Wir lauschten beide.

»Wie wär's mit einer neuen Geschichte?« fragte Chav.

Chavali war wohl einverstanden. Man hörte erst mal nur das Rascheln der Bettdecke, als Chav sich, wohl um Zeit zu gewinnen, anders hinsetzte. »Das ist eine Geschichte von der Nacht.«

»Warum?«

»Weil ich gleich das Licht ausmache und du dann schlafen wirst. Dann ist es hier drinnen Nacht. Aber jetzt hör zu. In einem Stall steht ein schwarzes Pferd in der schwarzen Nacht.«

»Rom? Unser schwarzes Pferd Rom?«

»Ja, Rom. Das schwarze Pferd steht ganz allein in seiner Box in einem fremden Stall, und es hat ein bißchen Angst. Deshalb lauscht es auf jedes Geräusch. So.«

Ich wußte einfach, daß er jetzt mit den Händen am Kopf nach vorn gestellte Pferdeohren andeutete. Damit es für sie auch etwas zu hören gab, stellte ich das Geschirr im Spülbecken zusammen, und Lee schob endlich das Brot in den vorgeheizten Ofen.

»Und er hört, daß er doch nicht ganz allein ist«, fuhr Chav fort. »Gleich in der Box nebenan steht ein wuscheliges kleines Pferd. Eine dicke Stute mit lockigem Fell frißt dort ihr Heu.«

»Diddel!«

»Ja, Diddel. Der Mann mit dem blonden Schnauzbart hat ihr den angetrockneten Schweiß aus dem Fell gebürstet. Und er hat ihr Hafer und Wasser und Heu gegeben. Rom auch. Jetzt ist der Mann weg, aber Diddel ist da. Wer ist noch da?«

»Ich weiß nicht«, flüsterte Chavali.

Ich schlich mich ein paar Schritte über den Flur, bis ich ins Zimmer schauen konnte. Ich hatte es doch gewußt; Chav hatte die Hände wie Pferdeohren über den Kopf gestreckt.

»Die Vögel in ihren Nestern auf den Balken«, sagte er. »Die Mäuse in ihren Nestern im Heu. Ein großes schwarzes Heimchen mitten auf dem Misthaufen. Eine fette schwarze Spinne in ihrem Spinnennetz an der Wand.«

Merkwürdig, daß ich gerade jetzt daran denken mußte, daß nachts auch noch andere Tiere unterwegs waren, gefährliche. Einmal war ein tollwütiger Waschbär in den Stall gekommen. Topher hatte versucht, ihn mit einer Schaufel zu vertreiben, und dabei hätte das Tier ihn fast gebissen. Bevor er es erschlagen konnte, biß es zwei Pferde. Die Pferde mußten eingeschläfert werden, und das hat Topher fast umgebracht. Jetzt lehnte immer ein Gewehr hinter der Treppe zum Heuboden. Auch in der Nacht.

»Und die fette schwarze Katze«, fuhr Chav fort, »die dicke fette Stallkatze balanciert oben auf dem Boxenrand entlang. Dann rollt sie sich auf Roms Rücken zusammen, weil es bei Rom warm ist, und fängt an zu schnurren.«

Chavs Stimme war in eine Art Singsang übergegangen, doch er muß wohl die Augen verdreht haben oder so etwas, denn Chavali fing an zu kichern. Sie würde jetzt einschlafen und von warmen Dingen träumen, von schnurrenden Schmusekatzen. »Rom hat keine Angst mehr«, sagte sie.

»Nein. Die Nacht ist groß und schwarz, aber das ist er auch.«

Liana und ich waren noch auf, als mein Großvater um Mitternacht stinkwütend ins Haus gestürmt kam.

»Okay, wo sind sie?« Er schaute mich böse an.

Polizisten üben den bösen Blick wahrscheinlich regelmäßig vor dem Spiegel. Mein Großvater beherrschte ihn perfekt. Ich hätte mir fast in die Hosen gemacht, solche Angst hatte ich einen Augenblick vor ihm, und ich brachte kein Wort heraus. Dafür antwortete Liana, als sei überhaupt nichts dabei: »Sie schlafen.«

»Bring sie her.«

»Nein. Setz dich, Vater.«

Er setzte sich nicht. »Was soll das heißen – nein?«

»Es heißt nein. Sie haben geduscht, und während sie schlafen, wasche und trockne ich ihre Kleider. Du kannst morgen früh mit ihnen sprechen.«

»Du hast mich offenbar nicht verstanden«, sagte mein Großvater zwischen zusammengebissenen Zähnen. »Ich wiederhole: Bring sie her, und zwar *jetzt*.«

»Das ist mein Haus.« In diesem Ton hatte ich Liana noch nie reden hören. »Hast du einen Durchsuchungsbefehl?«

Ich wagte einen Blick und sah: mein Großvater begriff langsam, daß Liana es ernst meinte. Sie war seine Tochter, und er wollte es nicht auf einen großen Streit ankommen lassen. Aber sein Stolz stand auf dem Spiel. Er konnte jetzt nicht ohne weiteres klein beigeben. »Ich kann mir einen besorgen«, drohte er.

»Quatsch. Was haben die Kinder denn getan?« Liana blies die Backen auf und stieß dann die Luft aus; damit verschwand auch der harte Unterton in ihrer Stimme. »Setz dich und trink eine Tasse Kaffee, Vater«, sagte sie ruhig. »Solang du wie ein rasender Büffel daherkommst, lasse ich dich nicht in ihre Nähe, das kannst du dir abschminken. Wenn du sie sehen würdest, würdest du mich verstehen.«

Ich nehme an, er wollte sich nicht weiter mit ihr anlegen. Er tat, was sie gesagt hatte, und setzte sich. Dafür war ich jetzt dran.

»Meine eigene Enkeltochter«, wetterte er. »Ich sitze stundenlang da draußen in der Kälte und warte, daß die Brüder zurückkommen, bis mir endlich ein Licht aufgeht. Zuerst wollte ich es ja nicht glauben. Meine eigene Enkeltochter macht mich zum Narren!«

»Entschuldige, Großvater«, murmelte ich, und es tat mir wirklich leid, daß ich nicht vorher darüber nachgedacht hatte, was er tun oder wie er sich fühlen würde. Wahrscheinlich war ich davon ausgegangen, daß mein Großvater es überleben würde, Chav aber möglicherweise nicht. »Ich wollte nicht, daß du sie in ein Heim bringst.«

»Und warum, zum Teufel, nicht?«

»Weil Chav – dann hättest du ihn gleich umbringen können.«

»Chav ist der älteste«, erklärte Liana und stellte ihrem

Vater eine Tasse Kaffee hin. »Er kümmert sich wie eine Glucke um die Kleinen, bräuchte aber im Grund selber jemand, der sich um ihn kümmert.«

»Er muß irgend etwas Schreckliches erlebt haben«, erzählte ich meinem Großvater. »Er hat überall Narben, wie von einem schlimmen Unfall oder von einem Feuer.«

Liana schaute mich ganz merkwürdig an. »Nein«, sagte sie. »Nein. Ich kann mir zwar vorstellen, wie du darauf kommst, aber das erklärt nicht alles.«

»Was – alles?« Mein Großvater schaute auf die Kaffeetasse in seinen Händen und stellte sie auf den Tisch. »Ich will, verdammt noch mal, keinen Kaffee«, brummte er.

»Er ist koffeinfrei.«

»Mir egal. Ich brauch keinen. Was erklärt nicht alles?«

»Seine Augen«, sagte Liana. »Ich glaube, daß er ganz schreckliche Dinge mitgemacht hat. Wenn du mich fragst, wurde er zumindest mißhandelt. Geprügelt.«

Im ersten Augenblick, nachdem sie es gesagt hatte, konnte ich weder denken noch atmen. Ein paar Sekunden später ergab dann alles einen Sinn, alles, was mit Chav zusammenhing, aber das Verstehen war so, als würde ich selber geschlagen. Mir tat alles weh, und ich krümmte mich. Oh, mein Gott! Wer konnte einem Kind so etwas antun?

Mein Großvater starrte Liana an; er wirkte geschockt. »Mit so einem Jungen willst du doch nicht unter einem Dach wohnen«, sagte er, allerdings nicht so, als sei er noch wütend auf sie. Es klang eher, als habe er Angst um sie. »Eines Tages wachst du auf und hast ein Messer an der Kehle.«

»Vater, das ist doch lächerlich.«

»Nein, ist es nicht. Der Weg dieser mißhandelten Kinder ist vorgezeichnet. Sie werden genauso wie diejenigen, die sie geprügelt haben. Es ist ihnen egal, was mit ihnen passiert, und sie haben soviel Wut und Schmerz in sich ... Was glaubst du wohl, wo die Massenmörder herkommen und die Amokläufer? Hitler wurde als Kind mißhandelt. Ich sage dir: Hinter jedem Gewaltverbrecher steckt ein mißhandeltes Kind.«

»Aber der vorgezeichnete Weg kann auch verlassen werden«, widersprach Liana. »Nicht jedes mißhandelte Kind wird zum Verbrecher.«

»Aber du gehst ein hohes Risiko ein.« Er sprach sehr ernst, versuchte sie zu überzeugen.

»Ich riskiere es.«

»Liana, du bist meine Tochter! Ich will es nicht riskieren. Laß mich ihn mitnehmen.«

»Ist er nicht unschuldig, solang man ihm nichts nachweisen kann?«

»Ich meine ja nur, du sollst ihn denen überlassen, die etwas verstehen von diesen Dingen.«

»Nein. Er ist zu mir gekommen.«

»Liana, sei doch vernünftig!«

Sie stand auf. »Wenn ich vernünftig wäre, hätte ich schon längst aufgegeben. Ich muß mein Leben leben, Vater. Wenn du deinen Kaffee nicht trinken willst, geh jetzt nach Hause, und leg dich ins Bett. Morgen früh kannst du wiederkommen.«

Es wurde noch ein bißchen laut. Das heißt, er wurde laut. Sie hat die Stimme nicht ein einziges Mal erhoben. Aber schließlich tat er, was sie gesagt hatte.

7.

Chav lag im Bett, angespannt und hellwach, und starrte in die Dunkelheit.

Als er sicher war, daß die Gadjos endlich schliefen, schwang er die Beine über die Bettkante. Er teilte sich ein Doppelbett mit Baval. Sein Bruder, der tief und fest schlief, nahm sofort das gesamte Bett in Beschlag. Baval konnte in jeder Situation schlafen, doch für Chav gab es Nächte, in denen er kaum ein Auge zumachte. Das war eine solche Nacht. Ruhelos schlich er auf den Flur.

Der Druck auf seiner Brust war in dieser Nacht nicht so groß, viel schlimmer war der Schmerz, weil Chavali krank war und er allein schuld daran hatte.

Und er war wieder in einem Haus. Sein Verstand sagte ihm zwar, daß es für Chavali besser sei, in einem warmen Bett zu liegen und ein Dach über dem Kopf zu haben, doch alles andere in ihm war in Panik und schrie danach wegzulaufen, nur wegzulaufen. Er hatte einmal in einem solchen Haus gewohnt, es war sogar noch größer gewesen, und er erinnerte sich, daß er gegen die Wände geworfen worden war, und er erinnerte sich an das Blut auf dem Teppichboden. Sein Blut. Das Blut seiner Mutter.

Häuser waren Orte, wo schreckliche Dinge geschehen konnten. Es gab Schlösser an den Türen. Es gab Wände, die vor der Welt verbargen, was drinnen vorging.

Chav schlich sich vorsichtig in Chavalis Zimmer. In Bewegung zu sein half ein wenig. Solang er sich bewegte, war es schwerer, ihn zu finden und zu bestrafen. Eine Weile stand er in dem pfirsichfarbenen Zimmer und lauschte den friedlichen Atemzügen seiner Schwester. Im schwachen Licht der Nachtlampe sah er den Ausschlag nicht, der inzwischen den ganzen Körper bedeckte, selbst die Augenlider. Das machte es für ihn etwas leichter. Doch ihr kleines Gesichtchen wirkte auf ihn wie das Gesicht eines Engels, eines vollkommenen Wesens. Er verdiente es nicht, ihr Bruder zu sein. Er mußte ihr Zimmer verlassen.

Barfuß tappte er über den Flur zurück und schaute im Vorbeigehen in die einzelnen Zimmer – wieder das Zimmer, in dem Baval schlief, das Bad, Grays Zimmer, in dem Hunderte von Pferdefiguren aufmerksam ihren Schlaf bewachten. Jede Menge Plastikpferde, aber kein richtiges. Rom war weit weg, draußen im Stall. Chav wünschte, er wäre bei dem Pferd, schliefe im Heu. Die Kälte hätte ihm nichts ausgemacht – vor Kälte zu zittern war immer noch besser, als in einem Gadjo-Haus vor Angst zu schlottern. Er hoffte, daß mit dem schwarzen Pferd alles in Ordnung war. Er war sich dessen ganz und gar nicht sicher, egal, welche Geschichten er Chavali erzählte. Er traute weder Topher noch Gray. Er haßte es, irgend jemandem trauen zu müssen.

Sie war eine merkwürdige Gadjo, diese Gray. Groß – wenn sie auf diesem ponyhaften Diddel saß, sah sie aus wie ein Clown. Kräftig gebaut und mit einer großen Klappe – aber es war auch Poesie in ihr. Und sie schien sich zu sorgen um – die Dinge. Vielleicht. Vielleicht auch nicht. Es war lange her, daß Chav diese Art von Sorge erfahren hatte, und sie machte ihm angst. Er war als schlechter Mensch auf die Welt gekommen, und darum war ihm der einzige Mensch, der sich je um ihn gesorgt hatte, genommen worden. Diesen Schmerz und diese Trauer wollte er nicht noch einmal durchleben müssen.

Er ging an der Tür zum Zimmer der Gadjo-Frau mit dem lieben Gesicht vorbei. Sie hatte helles Haar mit einer Dauerwelle, blaue Augen und helle Haut; äußerlich glich sie in nichts seiner zierlichen dunklen Mutter. Und doch erinnerte sie Chav so sehr an seine Mutter, daß es weh tat.

Auch dieses Gefühl machte ihm angst. Es trieb ihn rasch in das dunkle Wohnzimmer mit den großen Fenstern, in das glasglitzernde Eßzimmer dahinter, in die Küche. Nach draußen konnte er nicht fliehen, obwohl er das am liebsten getan hätte. Chavali könnte aufwachen und ihn brauchen. Doch sein Unbehagen ließ ihn unruhig herumschleichen, auf der Jagd nach etwas; er wußte nicht, was.

Ohne ein Licht anzuknipsen, fand er die Schublade mit den Küchenmessern. Er fand keine Pistolen oder Gewehre, keine Knüppel oder Peitschen oder Ketten, dafür aber den Schrank mit Abflußreiniger und anderen Giften. Immer noch im Dunkeln stieg er die Treppe zum Keller hinunter und fand den Stromzählerkasten und die Nische, wo die Gartenutensilien aufbewahrt wurden, mit Unkrautvernichtern und anderen Chemikalien. Wieder im ersten Stock, entdeckte er den Garderobenschrank. Es war sehr dunkel da drin. Er drückte sich ganz an die hintere Wand, hinter die Wintermäntel, und schloß die Tür. Gut. Hier würde ihn niemand hören, auch nicht, wenn er schrie. Keinen Gadjo würde es kümmern, ob er da drin vermoderte. In der Mitternachtsschwärze begann er leise zu singen:

»Hey hey far away
I can hear her call to me
Shady lady in the sky
Help me spread my wings and fly
Most days I just want to die . . .«

* * *

Mein Großvater kam sehr früh, noch vor der Schule, und brachte die Kleider und die anderen Sachen, die noch auf der Altland-Farm gewesen waren. Er war ruhig und höflich, als er mich begrüßte und Chav seine Fragen stellte. Auch Chav war ruhig und höflich, aber er beantwortete sie nicht – er sagte meinem Großvater absolut nichts, nicht einmal seinen Namen. Baval war fröhlich und höflich und erzählte meinem Großvater, daß er der Sohn einer Zigeunerprinzessin sei und seinen richtigen Vater suche. Lee war guter Laune und höflich und machte Rührei mit Toast für uns alle. Mein Großvater behielt seine Krawatte um und aß nichts. Chav aß ebenfalls nichts, er half nur Chavali mit ihrer Portion. Er schien viel zu angespannt, um zu reden oder zu essen.

Sobald mein Großvater wieder weg war, rief ich Minda an. Ich hatte Glück, sie war noch daheim. »Hör zu«, sagte ich, »wir beide haben uns gestritten.«

»Ach ja?«

»Jawohl. Und zwar ganz gewaltig. Deshalb sprichst du heute in der Schule nicht mit mir. In den Pausen hältst du dich an andere.«

»Darf ich fragen, warum?«

»Klar. Frag ruhig.«

»Warum?«

»Weil du für mich herausfinden sollst, wer den Friedhof der Fischels verwüstet hat. Die Leute glauben, daß Chav es war.«

Schweigen.

»Minda?«

Sie sagte: »Ich versuche nur gerade dahinterzukommen, wie ich das mit dir und Chav nehmen soll.«

»Na ja, er wohnt zur Zeit bei uns.«

»Er macht *was*?«

»Ich erzähl's dir später.« Sehr viel später. »Machst du es?«

»Was?«

»Was ich dir gesagt habe! Herausfinden, wer den Friedhof umgepflügt hat.«

»Warum nicht?« Anscheinend begann sie sich für die Sache zu erwärmen. Man hat nicht alle Tage Gelegenheit, sich als Detektiv zu betätigen. »Wenn ich über dich schimpfen darf«, fügte sie hinzu.

»Jederzeit.« Es war die beste Möglichkeit, an Informationen zu kommen. Die anderen würden sehen, daß Chav mit mir zur Schule kam. Falls sie ihm die Schuld in die Schuhe schieben wollten, würden sie zu Minda sicher nichts sagen, solang sie noch meine Freundin war. Wenn sie aber gegen mich war, bestand die Chance, daß sie sie einweihten.

Kaum hatte ich aufgelegt, rief Topher an und fragte Liana, ob sie etwas brauche oder ob er sonst irgendwie helfen könne.

»Chav, ich soll dir von Topher sagen, daß es Rom gutgeht«, rief sie uns nach, als wir das Haus verließen. Er nickte, schien sie jedoch gar nicht richtig gehört zu haben.

Ich brauchte ein paar Tage, bis ich merkte, wieviel besser es Liana ging. Sie kochte richtige Fleischbrühe. Sie schleppte kartonweise Bilderbücher vom Dachboden herunter und las Chavali stundenlang vor. Sie bestellte eine Nachbarin als Babysitter und ging einkaufen und kam wieder mit jeder Menge Kleider für Baval und Chavali und sogar für Chav, leuchtendrote, gelbe und blaue für die Kleinen, schwarze für ihn. Topher besuchte uns, und sie setzte ihm ein Mittagessen vor. Sie half Chav und Baval bei ihren Hausaufgaben und ließ sie dafür mit dem Geschirr helfen. Morgens stand sie auf und wollte wissen, wie es allen ging. Bei schlechtem Wetter holte sie mich und Chav und Baval nachmittags von der Schule ab und fragte uns, wie der Tag gewesen war. Sie brachte uns dazu, ihr bei der Zubereitung von Unmengen von Abendessen zu helfen, und summte beim Kochen vor sich hin.

Irgend etwas bewirkte, daß Lee sich sehr viel besser fühlte.

Ich brauchte ein paar Tage, bis mir die ganzen Veränderungen auffielen, und das lag daran, daß ich mir um Chav Sorgen machte. Er redete kaum mit jemand. Nicht daß er unhöflich oder rüpelhaft gewesen wäre. Er bedankte sich bei Liana für die Kleider und trug sie auch. Doch die ganze Zeit über lief er mit diesem merkwürdigen Blick herum, angespannt wie ein Flitzbogen, als drohe ihn etwas auseinanderzureißen.

Ich versuchte ihn zum Reden zu bringen. »Du hast wahrscheinlich in der Schule eine Menge versäumt«, begann ich, als wir am Küchentisch unsere Algebra-Aufgaben machten. Er würde den Kurs nicht schaffen, aber was machte das schon? Ich meine, welcher erwachsene Mensch braucht noch Algebra in seinem Leben – es sei denn, er ist Lehrer?

Chav sagte nichts darauf.

»Gut, daß ihr nicht mehr im Silo wohnt«, versuchte ich es noch einmal. Draußen goß es seit drei Tagen, es regnete so stark, daß wir nicht zum Reitstall hatten gehen können.

Keine Antwort.

»Du bist älter als ich, stimmt's?«

Diesmal kam so etwas wie eine Antwort. Er nickte.

»Wie alt? Fünfzehn?«

Nicken.

»Was willst du mal machen, wenn du mit der Schule fertig bist?«

Er warf mir einen Was-zum-Teufel-redet-sie-da-Blick zu, als habe er darauf noch keinen Gedanken verschwendet. Als sei die Vorstellung, er könnte eine Zukunft haben, etwas völlig Absurdes.

Liana war mit Chavali im Bad, und Baval saß im Wohnzimmer vor dem Fernseher. Es würde also niemand hören, was wir sprachen. Ich beschloß spontan, einen Vorstoß zu wagen.

»Chav, stimmt das, was Liana glaubt – daß du geschlagen worden bist?«

Baval kam hereingestürmt. »Stimmt überhaupt nicht!« brüllte er, bevor Chav antworten konnte.

Chavs Gesicht war zur Maske geworden. Ich hatte das schon öfter miterlebt, doch jetzt erst verstand ich, was dahintersteckte, und ich dachte noch: Er muß die meiste Zeit seines Lebens Angst gehabt haben.

Baval schrie weiter: »Er hat die Narben gekriegt, weil er uns vor diesem großen Idiotenrindvieh gerettet hat«, brüllte er mich an. »Als wir im Zirkus waren. Der Kerl war betrunken und wollte uns weh tun, aber Carl – ich meine Chav –, er ist dazwischengegangen und hat mit ihm gekämpft. Der Kerl war einen halben Meter größer und mindestens drei Zentner schwer, aber jedesmal, wenn er Chav niedergeschlagen hat, ist Chav wieder aufgestanden und hat weitergekämpft. Er hat gekämpft und gekämpft und ihn gehauen und gehauen und gehauen, bis er ihn schließlich ganz müde gemacht hat und in eine Ecke gedrückt, und dann hat er ihn noch einmal ganz feste aufs Kinn gehauen, und dann war er k. o.«

Chav schaute mich nicht an, und ich wußte, daß er am liebsten im Boden versunken wäre. Er konnte zwar kämpfen, aber er war nicht Superman – er hatte das, was Baval da erzählte, nie getan. Auch das war nur ein Märchen, und er wußte, daß ich es wußte. Es war das erstemal, daß ich ihn verlegen sah. Er war feuerrot geworden unter seiner braunen Haut; sein ganzes Gesicht hatte die Farbe eines Backsteins angenommen. »Hör mal zu, Baval«, sagte er leise und gepreßt, »also – ganz so war es nicht.«

Baval sah aus, als habe man ihn geschlagen. »Doch, so war

es!« schrie er. »Du hast überall geblutet. Ich hab dich abgeputzt. Ich hab mich hinterher um dich gekümmert.«

»Nein, so war es nicht.«

»So war es wohl!«

»Weißt du noch, was wir im Zirkus gemacht haben?«

»Klar! Du warst Kunstreiter. Chavali ist auf einer Giraffe geritten. Ich war Messerwerfer.«

»Warum hast du dann nicht einfach ein Messer genommen und es nach dem großen Idioten geworfen und mir aus der Klemme geholfen?« fragte Chav.

Baval spannte alle Gesichtsmuskeln an, als er versuchte, sich zu erinnern; dann bekam ich mit, wie er aussah, wenn er Angst hatte. Die Haut färbte sich grau. »Habe ich vielleicht meine Messer vergessen?« Seine Stimme überschlug sich, und er zitterte. »Vielleicht hab ich meine Messer nicht bei mir gehabt. War es so? Los, Chav, sag es mir. Du erinnerst dich.«

Chav gab nach. »Okay. So muß es wohl gewesen sein«, sagte er leise. »Okay, und jetzt beruhige dich wieder.«

»Mach so was nie mehr! Erzähl's nicht einmal so und einmal anders!« Baval fing an zu weinen. Chav nahm seinen kleinen Bruder in den Arm und drückte ihn an seine Schulter. Daß Baval weinte, war schon schlimm genug, aber Chavs Gesichtsausdruck – er saß in der Falle und sah keinen Ausweg. Ich hielt das nicht aus. Ich mußte aufstehen und nachschauen, wie weit Liana und Chavali waren.

Als es endlich aufgehört hatte zu regnen, gingen Chav und ich wieder zu Fuß von der Schule nach Hause. Topher saß in der Küche und trank mit Lee Kaffee.

»Willst du zum Reiten rausfahren?« fragte er mich. »Ich nehm dich mit.«

»Super! Danke!« Das war wirklich nett von ihm. Er wußte, daß ich ohne meine regelmäßigen Ausritte verrückt werden würde, und er wußte, daß Liana Chavali nicht allein lassen wollte.

»Ich bring dich auch wieder zurück. Du kannst mich ›Topher, den Chauffeur‹ nennen.« Er wandte sich an Chav. »Wie steht's mit dir? Willst du mitkommen und deinem schnaubenden schwarzen Dampfroß guten Tag sagen?«

Die Antwort hätte ungefähr so ausfallen müssen wie meine, doch Chav überraschte uns alle. Sein Gesicht wurde leer und ausdruckslos, und er schüttelte den Kopf.

»Bist du sicher?« fragte Topher, und es kostete ihn einiges, ruhig zu bleiben. »Dein Pferd ist wirklich was Besonderes. Bist du sicher, daß du nicht mitkommen willst?«

Chav setzte sich an den Küchentisch und ließ die Schultern hängen.

»Chav!« Ich schrie fast. »Jetzt komm schon. Ich weiß doch, daß dir Rom fehlt!«

Er zuckte zusammen, als hätte ich ihn geschlagen.

»Laß ihn in Ruhe«, sagte Liana.

Aber ich konnte doch jetzt nicht einfach eine Kleinigkeit essen und meine Stiefel anziehen! Da stand ich nun. Keiner wußte etwas zu sagen oder zu tun.

Chav hob den Kopf und fragte Liana: »Wo ist Baval?«

»Sie haben ihn von der Schule nach Hause geschickt. Jetzt ist er dran mit Kranksein.«

»Windpocken?« fragte ich.

»Jawollja!« Meine Tante klang richtig fröhlich. Jetzt, wo es Chavali wieder sehr viel besser ging, brauchte sie vielleicht ein neues krankes Kind, um das sie sich kümmern konnte. Ich habe mich meistens ganz gut im Griff, deshalb bin ich nicht in Jubelrufe oder so was ausgebrochen, aber ich gebe zu, daß auch ich mich gefreut habe. Jetzt, wo Baval krank war, würde Chav nicht gehen – noch nicht.

Im Grunde meines Herzens wußte ich, daß Chav in nicht mehr allzu ferner Zukunft wie ein Feuerwerkskörper explodieren würde. Ich hörte ihn nachts immer noch herumgeistern, um Mitternacht, wenn die Nacht am dunkelsten war. Durch sein Gedicht wußte ich, daß die Nacht für ihn etwas sehr Persönliches und Magisches war, deshalb war ich nie aufgestanden und hatte ihn gefragt, was er denn mache. Doch durch sein Gedicht wußte ich auch noch andere Dinge über ihn.

Darüber wollte ich jetzt aber nicht nachdenken. Ich verlegte mich aufs Betteln. »Baval braucht dich jetzt nicht, Chav. Komm doch mit raus zum Stall und zu Rom. Wir könnten zusammen ausreiten.«

»Nein«, sagte er. »Zwing mich nicht.« Sein Gesicht hatte diesen harten, eisschwarzen Ausdruck. Voller Angst – doch wovor? Vor Rom? Angst vor dem schwarzen Pferd?

8.

»Also, wenn Chav ihn nicht reiten will, werd ich das wohl machen«, sagte Topher.

Ich hörte gar nicht richtig hin, weil Minda auch gekommen war und wir uns lachend in die Arme fielen. Im Reitstall beobachtete uns keiner aus der Schule, so daß wir hier nicht so tun mußten, als könnten wir uns nicht mehr riechen.

»Hast du schon was rausgefunden?« erkundigte ich mich.

»Noch nicht. Aber immerhin hab ich inzwischen das Gefühl, es gibt was zum Herausfinden. Du weißt doch, wie das ist, wenn die Leute nichts sagen wollen, aber grinsen.«

»Welche Leute?«

»Matt Nerring hauptsächlich.«

Das paßte. »Versuchst du es weiter?«

»Klar. Und jetzt bist du dran. Was ist mit Chav und dir?«

»Nichts, eigentlich gar nichts.«

»Das kannst du mir nicht weismachen.«

Sie dachte sicher, wir würden miteinander gehen, was nicht stimmte, aber – nicht in tausend Jahren hätte ich ihr erklären können, was Chav für mich bedeutete. Selbst wenn ich es selber gewußt hätte, aber nicht mal das war der Fall. »Komm, Minda, laß uns einfach reiten, ja?«

Ich ging hinüber zu dem knöcheltiefen Schlammloch, das Topher eine Koppel nannte, um Paradiddel zu holen, und Minda mußte mitkommen und Dude einfangen. Natürlich hatten sich beide Tiere gewälzt. Sogar die Ohren waren voller Dreck. Sie waren ungeheuer stolz auf sich. Wir bearbeiteten sie mit dem Pferdesauger und brauchten trotzdem noch eine halbe Stunde, bis wir sie sauber hatten. Als wir sie schließlich gesattelt hatten und hinausführen konnten, saß Topher samt Cowboyhut und allem auf Rom.

Und Rom tanzte.

Er tänzelte nicht nervös herum. Er tanzte. Wie ein echtes Dressurpferd. Minda und ich brachten den Mund fast nicht mehr zu. Topher saß kerzengerade im Sattel, die Beine gestreckt, und ich sah nicht ein einziges Mal, daß sich seine Cowboystiefel bewegt hätten oder die Hände an den doppelten Zügeln, aber Rom senkte den Kopf und bog den Hals und ging auf der Stelle. Topher verlagerte kaum merklich das Gewicht, und Rom ging sechs Schritte seitwärts, wobei er die Vorderbeine kreuzte. Topher lehnte sich ein wenig zurück, und das Pferd drehte eine vollständige Pirouette auf den Hinterbeinen.

»Ich hatte so eine Ahnung.« Topher ließ die Zügel locker,

und Rom stand still. Topher tätschelte ihm den gebogenen Hals. »Dieses Pferd wurde zum Dressurreiten auf höchster Ebene trainiert«, sagte er. »Es ist wie eine fein abgestimmte Maschine. Und es ist ein Zuchthengst. Wie zum Teufel ...«

Er sprach den Satz nicht zu Ende, doch ich hätte es für ihn tun können: Wie zum Teufel kommt ein solches Pferd dazu, mit einem Zigeunerjungen über Land zu ziehen?

»Komm, Minda«, murmelte ich und wandte mich Diddel zu, um aufzusitzen.

Mein Großvater kam am Abend vorbei, ließ sich eine Tasse Kaffee einschenken und nahm tatsächlich seine Krawatte ab und legte sie auf den Tisch. »Nun, Junge«, sagte er etwas säuerlich zu Chav, der ihm am Küchentisch gegenübersaß, »es wird dich freuen zu hören, daß es mir nicht gelungen ist, auch nur das geringste bißchen über dich herauszufinden.«

Chav schaute ihn nur an. Er versuchte zu verbergen, was in ihm vorging, doch Erleichterung huschte über sein Gesicht, und seine Brust hob sich. Ich hab's genau gesehen.

Und mein Großvater wahrscheinlich auch. »Was ist mir bloß entgangen?« fragte er, ohne von irgend jemand eine Antwort zu erwarten. »Du bist nicht vorbestraft. Ich habe deine Fingerabdrücke durchlaufen lassen. Da hab ich sie her.« Er gab Chav ein Schulheft zurück. »Du bist nicht von zu Hause ausgerissen, oder vielmehr: falls du es bist, sucht dich niemand. Kein Mensch sucht jemand, der so aussieht wie du oder die anderen beiden.«

Ich stellte mir das furchtbar vor, als Kind ganz allein auf sich gestellt zu sein und niemand zu haben, der einen vermißte, der sich um einen sorgte. Doch Chav stieß wieder einen Seufzer der Erleichterung aus.

Mein Großvater beobachtete ihn. »Wobei ich nicht davon

ausgehe, daß Chav dein richtiger Name ist«, fügte er hinzu. »Ich bin ja nicht blöde.«

»Es ist ein Wort aus der Zigeunersprache«, erklärte Chav leise und höflich. »Es bedeutet ›Junge‹. Baval bedeutet ›im Wind‹. Chavali bedeutet ›kleines Mädchen‹.«

»Und du hast also vor, dich dein Leben lang ›Junge‹ zu nennen?«

Plötzlich war Chav weder leise noch höflich. »Ich werde nie mehr einen verdammten Gadjo-Namen haben«, rief er voller Haß. »Vorher können sie mich blutig schlagen.« Er stand so abrupt auf, daß sein Stuhl umkippte. Dann ging er mit großen Schritten den Flur hinunter zu Liana und den Kleinen.

Mein Großvater und ich rührten uns nicht. »Ich glaube, es war ein Gadjo, der ihm die schlimmen Sachen angetan hat«, sagte ich.

»Was, zum Teufel, ist ein Gadjo?«

»Du und ich zum Beispiel. Leute, die keine Zigeuner sind.«

»Er verbirgt etwas«, sagte mein Großvater. »Das rieche ich.«

Ich sagte nichts, aber ich wußte genau, was Chav verbarg: Rom. Topher hatte meinem Großvater offenbar nichts von Rom gesagt, sonst hätte der mit Sicherheit nach gestohlenen Pferden geforscht.

Über den Flur hörten wir, wie Chav seinem Bruder und seiner Schwester etwas vorsang:

»Rotes Pferd, blaues Pferd
Wir sehen uns im Zoo, Pferd
Schwarzes Pferd, weißes Pferd
Kämpfe wie ein Löwe, Pferd
Rosa Pferd, grünes Pferd ...«

Die Kleinen lachten. »Hältst du Chav immer noch für gefährlich?« fragte ich meinen Großvater.

»Ja.«

»Und du bist immer noch böse auf mich.« Das war keine Frage. Ich wußte, daß er böse auf mich war. Er hätte es nie zugegeben, und er behandelte mich nicht einmal sehr viel anders als sonst, aber er schaute mich direkt an – eigentlich mehr durch mich hindurch – und lächelte nicht.

»Ich kann nicht sagen, daß ich böse auf dich bin«, meinte er, was eine Lüge war. »Ich verstehe einfach nicht, wie du tun konntest, was du getan hast.«

»Du meinst, daß ich dir in den Rücken gefallen bin? Auch wenn ich dir alles über Chav erzählt hätte – du hättest doch trotzdem versucht, ihn in den Jugendarrest zu stecken. Stimmt's?«

»Ja, weil er da hingehört! Und nicht hierher! Ich kann einfach nicht glauben, daß du Liana so etwas antun und die Kinder hierher bringen konntest.«

Ich schaute ihn groß an. »Sie ist froh, daß sie da sind!« Das mußte er doch selber sehen.

»Und wie wird es ihr wohl gehen, wenn sie davonlaufen? Denn genau das wird passieren.«

»Wird es nicht.« Doch jetzt war ich diejenige, die log, denn ich wußte, daß er recht hatte. Ich hatte Chav nachts oft genug wie einen wilden Mustang auf der Koppel hin und her laufen hören. Er wollte raus.

Nun, dann mußte ich ihn eben irgendwie dazu bringen, daß er bleiben wollte, das war alles. Baval war krank. Chav würde nirgendwo hingehen, bevor er nicht seine Geschwister mitnehmen konnte. Ich hatte also ein wenig Zeit.

* * *

Tagebuch | *Literatur*
31. Oktober | *Mrs. Higby*
Chav

Heute ist Halloween. Ich hasse es. Wie können die Leute Spaß am Angsthaben finden? Ich brauche das nicht – ich habe ohnehin die ganze Zeit Angst. Ich sehe die Welt mit meinen eigenen Augen, und doch wirkt alles fremd. Meine Gedanken sind fremd. Meine Hände scheinen nicht mehr zu mir zu gehören. Ich gehe kaputt.

Matt Nerring hat zu mir gesagt: »He, Schweinskopf, du brauchst dir keine Maske zu kaufen. Mit deinem Gesicht kannst du auch so kleine Kinder erschrecken.« Kleine Kinder – ha! Ich erschrecke mich selber. Ich kann nicht in den Spiegel schauen. Ich habe entsetzliche Angst, daß ich sehen könnte, wer ich wirklich bin.

Zum Teil ist es die Freundlichkeit, die mir angst macht. Liana und Gray sind so gut zu mir, daß ich es nicht aushalte. Ich verdiene es nicht. Verstehen sie das denn nicht? Zuerst war Chavali krank, und jetzt Baval. Es ist meine Schuld, und ich sollte dafür bestraft werden.

Manchmal, wenn sie wieder nett zu mir waren, vergesse ich vieles. Dann kommen mir so dumme Gedanken wie: Ich könnte leben. Oder es könnte einen Himmel geben. Dann hätte ich eine Farm wie Topher, und ich würde die Tiere füttern, und sie wären alle schwarz. Schwarze Pferde, schwarze Schafe, schwarze Katzen, glänzende schwarze Ziegen, schwarze Kaninchen, schwarze Vögel, die herumfliegen und singen. Schwarze Hunde, die wie verrückt bellen und durch die Gegend rennen. Schwarze Schlangen in der Sonne, schwarze Mäuse in der Scheune. Nur schwarze Tiere ohne ein bißchen Weiß und keine anderen. Und sie wollten alle, daß ich sie streichle.

Dann wird mir wieder klar, wie dumm es ist, überhaupt an so was zu denken, weil es für Abschaum wie mich keinen Gott gibt und weil ich sterben werde. Liana und Gray können sich viel besser um Chavali und Baval kümmern, als ich es je könnte. Bald brauchen sie mich nicht mehr. Dann kann ich das tun, was ich mir schon immer vorgenommen habe. Mir ein Gewehr besorgen. Mit einem Knall von der Bildfläche verschwinden. Jede Menge dreckiger Gadjos mitnehmen. Matt Nerring zum Beispiel.

Wenn ich daran denke, fürchte ich mich, aber ich werde es tun. Vor dem Sterben habe ich nicht halb soviel Angst wie davor, auf diese Weise zu leben.

⋆ ⋆ ⋆

»Chav, deine Selbstdarstellung ist gefragt.« Das war Mrs. Higby. Sie hatte sich in den Kopf gesetzt, daß jeder ein paar Minuten lang über sich selbst sprechen sollte. Warum, habe ich vergessen.

»Los, Chav, du kannst das.« Das war Minda.

»Los, Chav.« Das war einer der anderen aus der Klasse. Ein paar hatten angefangen, mit ihm zu reden.

»Chav, du mußt. Bitte.« Das war ich. Ich bin mir nicht mehr sicher, weshalb ich es für so wichtig hielt; ich dachte einfach, wenn er ein Erfolgserlebnis hat, denkt er wieder besser von sich. Er schaffte in keinem einzigen Fach die erforderliche Punktzahl, aber von seinem Gedichtvortrag am ersten Tag wußte ich, daß er sich hinstellen und reden konnte. »Und wenn ich dir helfe?« bettelte ich. »Wir könnten es doch wie ein Interview machen. Mrs. Higby, können wir es so machen?«

»Ihr *dürft* es so machen.«

Ich fand sie mal wieder zum Erbrechen, ließ mir jedoch nichts anmerken. »Chav?« Ich stand auf.

Er saß zusammengesunken und vollkommen abweisend auf seinem Stuhl, aber er schaute mich an. Es war wieder sein eisschwarzer Blick – ich kam nicht dahinter, was er dachte. Doch dann stand er auf.

»O-kay!« Ich ging nach vorn, und Chav folgte mir.

Wenn ich eines kann, dann ist es Reporter spielen. Ich hielt mein nicht vorhandenes Mikro an den Mund und verfiel in einen Interviewer-Ton, nicht, um mich über Chav lustig zu machen, sondern um die Sache etwas aufzulockern.

»Meine Damen und Herren, wir haben heute einen ganz ungewöhnlichen jungen Mann im Studio. Sein Name ist Chav, und er wird uns ein wenig über sich erzählen.« Ich überlegte rasch, welche Frage er ohne weiteres beantworten konnte. »Chav, stimmt es, daß Sie Zigeuner sind?« Ich hielt ihm das unsichtbare Mikro an den Mund.

Eine Sekunde lang fürchtete ich, er würde nicht mitspielen. Er trug diesen angespannten Ausdruck im Gesicht. Doch dann sagte er: »Zur Hälfte stimmt es. Meine Mutter war eine Zigeunerin.«

»Und was bist du dann?« rief Matt Nerring von hinten.

Ein paar aus der Klasse lachten. Chav schaute keinen direkt an, als er sprach: »Für euch sind Zigeuner Diebe. Aber die Zigeuner selbst zählen sich zu den Stämmen der Roma, dem ältesten Volk der Welt. Es sind Nomaden – sie waren nie seßhaft. Warum sollten sie ihre Art zu leben ändern, nur weil alles von den ...«

Bevor er »Gadjos« sagen kannte, übernahm ich das Mikro wieder. »Wollen Sie damit sagen, daß Sie als Kind durchs ganze Land gezogen sind?« Das würde einiges erklären.

»Nein. Meine Mutter hat einen Gadjo geheiratet.«

Er sagte das Wort mit so viel Bitterkeit, daß ich um die nächste logische Frage nicht herumkam. »Gadjo?«

»Ein weißer Mann. Kein Zigeuner.« Ich nahm ihm das

unsichtbare Mikrophon weg, doch er schaute stur geradeaus und sprach weiter. »Deshalb hat ihr Stamm sie verstoßen. Es war eine Schande – ihre Eltern und Verwandten wollten nichts mehr mit ihr zu tun haben. Sie hat sie nie wiedergesehen. Sie lebte mit ihrem reichen Gadjo in seinem großen Haus, und als er anfing, sie zu schlagen und ihr die Knochen zu brechen, gab es keinen Ort, wohin sie sich hätte flüchten können.«

In der Klasse war es mucksmäuschenstill geworden. Ich kam mir vor wie auf einem durchgegangenen Pferd; man sitzt noch im Sattel und hat die Zügel in der Hand, aber in Wahrheit hat man längst die Kontrolle verloren. Vergiß das dumme Interview-Spiel und das dumme, nicht vorhandene Mikrophon in deiner Hand. Ich fragte leise: »Sprichst du von deinem Vater?«

»Nenn ihn nicht so!« Seine Augen sprühten Feuer. »Ich hasse ihn.«

Ich weiß nicht, woher ich die Nerven nahm zu sagen: »Er hat auch dich geschlagen.«

Er antwortete nicht, schaute mich nur böse an. Später erfuhr ich einiges von dem, was er damals nicht sagte. Wie brutal sein Vater ihn geschlagen hatte. Wie er anfing, sich zu wehren, und alles nur noch schlimmer wurde. Wie er seinen Vater töten wollte, es aber nicht fertigbrachte.

»Deshalb bist du davongelaufen.« Ich konnte das ruhig sagen. Wenn mein Großvater nichts über ihn herausgefunden hatte, würde niemand etwas herausfinden.

»Ja.«

»Und du hast Baval und Chavali mitgenommen.«

»Jemand mußte sich um sie kümmern. Unsere Mutter – war tot.« Seine Stimme stockte, als er das sagte, hing fest wie ein Floß auf einem Felsen; ein Schmerz, für den es keine Worte gab. »Ich konnte sie nicht bei – ihm lassen. Deshalb sind wir alle gegangen. Wir sind jetzt schon eine ganze Weile unterwegs. Es ist nicht einfach.«

Die ganze Klasse beobachtete ihn mit großen Augen, und plötzlich schaute er sie alle an. »Ihr beklagt euch über das Essen in der Cafeteria – ich habe manchmal aus Mülltonnen gegessen, ich habe das gegessen, was die Leute in ihre Vogelhäuschen gestreut haben. Ihr wißt ja gar nicht, wie gut es euch geht, mit einem warmen Zimmer zum Schlafen und Eltern, die – die sich um euch kümmern ...«

Er konnte nicht mehr weitersprechen. Er taumelte rückwärts an die Tafel und lehnte da mit geschlossenen Augen. Ich sah die Lider zittern.

»Chav?« Ich nahm seine Hand und spürte, daß er am ganzen Körper zitterte. »Chav, bist du okay?«

»Chav.« Minda stand auf, kam nach vorn und legte ihm die Hand auf die Schulter. »Chav, es ist jetzt vorbei.«

»Das kommt jetzt alles in Ordnung, Chav.« Matt Nerring der Nervling, von dem ich es als letztes erwartet hätte, kam nach vorn. Etliche andere kamen ebenfalls nach vorn und standen im Halbkreis um uns herum. »Chav? Das ist jetzt alles vorbei. Paß auf, jetzt wird alles besser.«

»Setzt euch, und zwar alle«, sagte Mrs. Higby in einem für sie ungewöhnlich milden Ton. »Chav, du kannst auf deinen Platz gehen.«

Zuerst rührte er sich nicht, dann öffnete er die Augen, sie waren kein bißchen feucht, und er schaute wie in Trance in die Runde. Er ging zu seinem Platz und saß da, als gäbe es uns gar nicht, als sei er gar nicht mehr richtig da, schon wieder unterwegs.

»Ich hätte dich nicht dazu zwingen dürfen«, sagte ich zu ihm, als die Stunde vorbei war.

»Niemand hat mich zu irgendwas gezwungen.«

Das stimmte zwar. Trotzdem machte ich mir Sorgen, weil

ich mir nicht vorstellen konnte, wieso er plötzlich so viel über sich erzählt hatte.

War das ein gutes Zeichen? War er langsam bereit, sich einzugewöhnen, Freundschaften zu schließen, einer von uns zu sein?

Oder – machte er sich zu etwas anderem bereit?

Ich konnte es nicht erklären, aber ich spürte, daß etwas auf uns zukam – ich spürte es in meinen Knochen, wie man die Ruhe vor dem Sturm spürt.

9.

Als wir nach Hause kamen, lagen große, rotgesprenkelte Äpfel auf dem Küchentisch.

»Von Chris«, erklärte Liana.

»Welcher Chris?«

»Vom Reitstall.«

»Also Topher.«

»Er hat mich gebeten, ihn Chris zu nennen.« Liana machte Apfelkuchen und summte dabei. Chav ging den Flur hinunter, um nach Baval zu schauen. Ich setzte mich, und Chavali kletterte mir auf den Schoß. Lee summte noch ein paar Takte, dann sagte sie: »Er meint, es sei höchste Zeit, daß er das Kapitel Christina endlich abschließt.«

Liana schnitt die Äpfel in Spalten, aber sie summte nicht mehr, sondern dachte nach. Und sie sagte nicht, worüber sie nachdachte. Eines war mir, seit ich Chav kannte, aufgefallen: Manchmal ist das, was die Leute nicht aussprechen, genauso wichtig wie das, was sie aussprechen. Und was Lee nicht aussprach, war: vielleicht wäre es Zeit, daß ich das Kapitel Onkel Dan abschließe.

Aber vielleicht dachte auch nur ich das.

»Weißt du, warum sie ihn verlassen hat?« fragte sie und klang ganz wütend dabei. »Weil er seine Pferde nicht aufgeben wollte. Weil sie das enge Verhältnis, das er zu ihnen hatte, nicht akzeptieren konnte. Sie hat geglaubt, sie käme dabei zu kurz. Das ist ja wohl das Dümmste – wie kann man einen Menschen heiraten und nicht wollen, daß er er selber bleibt? Jeder sollte das lieben dürfen, was er liebt.«

Ich stibitzte eine Apfelspalte und gab sie Chavali. Sie nahm sie und grinste. Die Windpocken waren fast weg, und wie es aussah, würde sie keine Narben zurückbehalten. Ihr Gesicht würde so glatt und hübsch bleiben.

»Das ist wie mit deinem Onkel Dan und seinem Boot«, sagte Lee leise. »Sobald er an Bord ging, war er durch und durch glücklich. Wenn er bloß davon geredet hat, haben seine Augen schon angefangen zu leuchten. Selbst wenn ich gewußt hätte, daß es ihn umbringt, hätte ich es ihm nie nehmen können. Die Liebe zu seinem Boot war ein Teil seines Lebens.«

Sie sprach leise, aber ihre Stimme zitterte nicht. Es war das erste Mal, daß ich sie so ruhig über das, was passiert war, reden hörte, und ich fühlte mich ganz merkwürdig und verloren, als hätte man mich irgendwo vergessen.

»Und was liebst du, Lee?« rutschte es mir heraus.

»Dich.«

Da mußte ich lächeln. Sie würde mich nie im Stich lassen. Aber trotzdem würde sie ihren Weg weitergehen. »Ach komm, ich liebe Pferde«, sagte ich. »Was liebst du?«

Sie wußte die Antwort, doch es dauerte eine Weile, bis sie sie aussprechen konnte. Zuerst drückte sie den Teig ins Blech. Dann sagte sie leise: »Ich glaube, ich liebe es, mich um

Menschen zu kümmern. Vor allem um Kinder. Vielleicht muß ich noch einmal die Schulbank drücken und Krankenschwester oder Therapeutin werden oder so was. Ich denke, du hast mich in den vergangenen zwei Jahren über Wasser gehalten, aber ich muß aufpassen, daß ich dich nicht verziehe oder mit meiner Liebe erdrücke.« Jetzt wollte sie mit mir allein reden. »Chavali, *Sesamstraße* hat angefangen.«

Es funktionierte. Chavali glitt von meinem Schoß und lief ins Wohnzimmer. Lee schob den Kuchen in den Ofen und setzte sich mir gegenüber. Sie kam sofort zur Sache. »Gray, was würdest du sagen, wenn ich Baval und Chavali und Chav adoptieren würde?«

Es war komisch – einerseits war es genau das, was ich mir wünschte, andererseits war es ein Schock. So in der Richtung: Genüge ich ihr nicht?

Was sie danach sagte, machte es noch schlimmer. »Mir ist gar nicht aufgefallen, wie leer das Haus war, bevor du sie hergebracht hast.« Dann beugte sie sich zu mir herüber, glücklich und strahlend wie ein Sonnenaufgang. »Sie füllen es aus. Ich weiß auch nicht ... vielleicht sind meine Gründe, weshalb ich sie hierbehalten möchte, alle ganz verkehrt, aber ich möchte ... Ist dir aufgefallen, daß ich keine Tabletten mehr brauche?«

Es war mir aufgefallen. »Sie füllen dein Herz aus«, sagte ich. Sie vermißte Carrie und Cassie und Onkel Dan nicht mehr so sehr.

Sie berührte meine Hand. »Du hast sie hergebracht. Danke.«

»Es ist einfach so passiert«, murmelte ich. »Ich wollte damit nicht alles umkrempeln.« Es war ganz bestimmt kein schönes Gefühl, zwei Dinge gleichzeitig zu wollen, die sich nicht vereinbaren ließen: Einerseits wollte ich, daß Chav bei uns blieb, andererseits wollte ich, daß zwischen Liana und mir alles so blieb wie vorher. »Ich glaube, ich hätte dich lieber für mich allein.«

Sie betrachtete mich mit einem ganz merkwürdigen Lächeln. »Ich glaube, ich hab mir so was gedacht.«

»Und was ist mit Großvater? Er wird uns für verrückt erklären. Großmutter genauso.«

»Und? Haben sie recht?«

Ich mußte ebenfalls lächeln. »In gewisser Weise ja.«

»Es stimmt schon, ich werde weniger Zeit für dich haben, wenn Chav und Baval und Chavali bei uns wohnen.« Lee versuchte fair zu sein, auch wenn wir beide wußten, was sie am liebsten wollte. »Vielleicht müßte ich sogar arbeiten gehen. Und, Gray, sie sind so vernachlässigt worden, daß eine Menge Arztrechnungen und so anfallen werden. Vielleicht reicht das Geld dann nicht mehr für ein Pferd für dich.«

Autsch. Das tat weh.

Dann fiel mir etwas ein, und Habgier und Angst überkamen mich gleichzeitig. Mein größter Wunsch war doch immer ein schwarzer Hengst gewesen. Und wenn Chav Rom nicht mehr haben wollte ... »Was ist mit Chavs Pferd? Können wir das behalten?«

»Darüber habe ich noch nicht nachgedacht. Warum möchte Chav eigentlich nicht zum Stall gehen und es besuchen?«

»Ich weiß es nicht. Und, Lee, ich mach mir Sorgen um Chav.«

Ihr ging es genauso. Wie ich erst jetzt erfuhr, hatte sie bereits Termine bei einem Psychotherapeuten für ihn vereinbart; in ein paar Tagen sollte die erste Sitzung sein. Aber ich fragte mich, was jemand, der Chav noch nie gesehen hatte, ausrichten konnte, und in welcher Zeit.

»Sag ihm noch nichts von unseren Plänen«, bat sie mich. »Er ist noch nicht soweit.«

»Keine Bange, ich bin's ja selbst noch nicht.«

Liana war aufgestanden, um mit ihrer Arbeit in der Küche weiterzumachen, doch dann schaute sie mich an und kauerte sich vor mich hin und schaute mich noch eine Zeitlang an. »Gray«, sagte sie schließlich, »laß dir ein paar Tage Zeit, und denke über alles nach, dann sagst du mir, wie du dazu stehst. Ich möchte die Wahrheit hören, die reine Wahrheit und nichts als die Wahrheit. Okay?«

»Okay.« Ich kam mir schlecht vor, weil ich nicht einfach sofort ja sagen konnte. »Es ist schwierig.«

»Das ist es. Aber das sind fast alle wichtigen Dinge.«

Ich hatte keine paar Tage Zeit, um es mir zu überlegen. Ich hatte nicht einmal ein paar Stunden. Beim Abendessen brachte Baval die ganze Geschichte aufs Tapet.

Offensichtlich hatte er nachgedacht, während er im Bett gelegen und seine Windpocken aufgekratzt hatte. An diesem Abend ging es ihm zum erstenmal wieder so gut, daß er aufstehen und im Eßzimmer mit uns essen konnte. Außer dem Apfelkuchen hatte Liana ein gefülltes Hähnchen mit Kartoffelbrei und Soße gemacht, dazu gab es Preiselbeer-Orangen-Chutney und kleine, in Butter geschwenkte Karotten. Baval bekleckerte sich mit dem Preiselbeer-Chutney, und wir neckten ihn noch damit, daß die Farbe sich kaum von der seiner Windpockenpusteln unterschied. Er lachte sich halb kaputt, dann sah es für eine halbe Sekunde so aus, als wolle er anfangen zu weinen, und dann sagte er ohne Übergang zu Lee: »Ich möchte hierbleiben, wenn es mir wieder besser geht. Bitte.«

Sie zuckte nicht mal mit den Wimpern, weil sie Baval ja nicht enttäuschen konnte – das verstand ich sehr gut. »Ich wünsche mir, daß ihr alle hierbleibt«, sagte sie leise.

»Ich möchte hierbleiben«, wiederholte Baval, diesmal an seinen Bruder gewandt. »Carl, ich meine Chav, ich mag nicht mehr nach Vater suchen. Ich möchte, daß wir alle hier bei Liana bleiben.«

Chav sagte nichts darauf. Für mich sah es so aus, als könne er nicht. Er saß stocksteif da, mit Augen wie die eines verschreckten Fohlens, wild und weiß und voller Angst.

»Vater soll *uns* finden«, fuhr Baval fort.

»Oder wir können ihn suchen, wenn wir groß sind«, mischte sich Chavali ein.

»Ja, das machen wir. Ich mag nicht mehr Abfall essen und frieren und kein Haus haben zum Wohnen.« Bavals Stimme war hoch und ein wenig zittrig. Für ihn war das sehr wichtig. »Ich möchte hierbleiben. Hier ist es schön. Chavali, willst du das nicht auch?«

Sie nickte sehr ernst, einmal rauf mit dem kleinen Kinn, einmal runter.

»Chav?« bettelte Baval. »Können wir hierbleiben?«

Chav klammerte sich an der Tischkante fest und öffnete den Mund, doch es kam kein Ton heraus. Es war, als ringe er nach Luft, als hätte er Angst zu ertrinken.

»Dräng ihn jetzt nicht weiter, Baval«, sagte Lee leise.

»Aber er will es doch auch! Ich weiß das!« Bavals Stimme überschlug sich, so hoch war sie geworden. Er konnte nicht mehr stillsitzen – er ging um den Tisch herum auf Chav zu, stolperte in seinem neuen Schlafanzug, dem neuen Morgenmantel und den neuen Hausschuhen. »Stimmt's nicht, Chav? Das hast du doch immer gewollt, oder? Jemand, der dir gutes Essen gibt und dich liebhat?«

»Baval, laß ihn in Frieden!«

Das war ich, aber es war zu spät. Chav hatte bereits mehr gehört, als er ertragen konnte. Er hielt es nicht mehr aus. In seiner Hast stieß er beim Aufstehen seinen Stuhl um, und er selbst schwankte, als könne er sich kaum noch auf den Beinen halten. Dann fiel er tatsächlich hin, rollte sich an der

Wand zusammen und hielt die Hände über den Kopf, als würde er geschlagen. Er zitterte am ganzen Körper.

»Chav!« Ich kniete mich neben ihn und wollte den Arm um ihn legen. Er zuckte zusammen und rutschte von mir weg, die Arme schützend vors Gesicht gelegt. Auch Lee kauerte sich hin und streichelte seine Schulter.

Baval schaute verstört von einem zum andern. »Aber er will das auch!« Er bemühte sich, nicht zu weinen. »Was ist los mit ihm?«

»Er ist bald wieder okay«, beruhigte ihn Lee. Für mich sah es ganz bestimmt nicht danach aus – Chav stöhnte. Lee versuchte, ihn in den Arm zu nehmen, aber er entzog sich ihr. Sie seufzte und erklärte Baval: »Du hast immer ihn gehabt, er hat sich um dich gekümmert. Aber um ihn hat sich keiner gekümmert. Er hat Angst. Er braucht Zeit.«

»Aber – aber Chav hat nie Angst!«

»Er hat es bis jetzt nur nicht gezeigt«, sagte ich. »Er durfte es nicht.«

Die kleine Chavali kam herüber und streichelte Chav übers Haar. Er blieb noch eine Minute liegen, dann setzte er sich auf und entrollte sich gerade so weit, daß er sie an sich ziehen und in den Arm nehmen und wiegen konnte, wie man ein Kind wiegt, das geweint hat. Sie kuschelte sich an ihn, und die beiden verharrten lange so.

Liana hockte sich vor sie auf den Boden. »Chav«, bat sie, »bitte versuche es nur noch ein paar Tage. Bis du Gelegenheit gehabt hast, mit dem Arzt zu reden.«

Doch er antwortete nicht. Das Abendessen war nur halb gegessen, aber wir räumten den Tisch trotzdem ab. Hunger hatte keiner mehr.

Ich konnte in dieser Nacht nicht schlafen.

* * *

Chav spürte die Zeit immer lauter in seiner Brust ticken, als sei sein ganzer Körper eine Bombe, deren Zünder so eingestellt war, daß sie bald explodieren mußte. Kurz nach Mitternacht beschloß er, nicht mehr länger zu warten; es hatte keinen Zweck.

Lautlos wie eine Katze schlich er sich zu dem Zimmer, in das sie Baval gelegt hatten, als er krank geworden war. Er berührte den jüngeren Bruder leicht an der Schulter. Ausnahmsweise setzte sich Baval sofort auf, hellwach, als habe er gar nicht geschlafen.

»Wenn *du* mal nicht schlafen kannst, muß es schon schlimm sein«, neckte Chav ihn.

»Chav, bitte sag, daß wir bleiben können.« Bavals Stimme zitterte. Er war fast zwölf, verhielt sich jedoch wie ein kleiner Junge. Chav war das früher schon aufgefallen, aber bis jetzt war es in gewisser Weise in Ordnung gewesen. Er hatte sich gewünscht, Baval einen Teil seiner Kindheit zurückgeben zu können, und so war es möglich gewesen. Aber nun mußte Baval erwachsen werden. Nun war alles anders, gefährlich. Chav spürte die Dunkelheit in seiner Brust schneller und wilder galoppieren als je zuvor.

»Du kannst bleiben.« Chavs Stimme war voller Zuneigung, denn er meinte es so. »Du und Chavali, ihr könnt bei Gray und Liana bleiben. Sie werden gut für euch sorgen.« *Besser als ich es je konnte. Ich hätte wissen müssen, daß ich es nicht schaffe. Ihr habt oft gefroren, und Hunger habt ihr auch gehabt. Ihr seid krank geworden, du und Chavali.*

»Nein, Chav!« Baval warf mit einer heftigen Bewegung die Decke zurück und stand im Bett. »Du mußt auch bleiben!«

»Versuche nicht, unseren Vater zu finden«, fuhr Chav fort; er mußte sich beeilen, damit das schwarze Gefühl, das in seiner Brust drängte und pochte, ihn nicht überholte. »Wir haben keinen Zigeuner zum Vater. Die ganzen Geschichten, die ich euch erzählt habe, waren gelogen.«

Das bin ich. Typisch Zigeuner. Ein Lügner.

»Nein, waren sie nicht! Waren sie nicht! Sie waren gut.«

»Pssst, du willst doch Liana nicht aufwecken.« Doch was Chav zu sagen hatte, war so wichtig, daß er weitersprechen mußte. Er legte seinem kleinen Bruder die Hände auf die Schultern und drückte ihn herunter, bis er wieder auf dem Bett saß. »Baval, du mußt mir jetzt zuhören. Unser richtiger Vater hat mich fast totgeschlagen, verstehst du?«

»*Nein!* Das ist nicht wahr!« Baval hatte angefangen zu schreien. Er hörte nicht zu, wurde nur immer hysterischer.

Er kann es nicht ertragen. Nicht das, was mit Mutter passiert ist, und auch das andere nicht. Deshalb erinnert er sich auch nicht. Er erinnert sich wahrscheinlich nicht mal mehr an seinen richtigen Namen.

Aber eines Tages kommt die Erinnerung vielleicht wieder.

Chav sprach leise und ruhig weiter: »Hör zu, ich möchte nur, daß du mir versprichst, nicht in seine Nähe zu gehen. Okay?«

»Nein! Nein, du mußt bei mir bleiben!«

»Ich kann nicht«, sagte Chav sehr leise. *Verdammt, wenn du dich den Dingen stellen würdest, dich erinnern, würdest du es verstehen.*

Baval schüttelte seine Hände ab, sprang auf der anderen Seite aus dem Bett und schlüpfte in seine Jeans.

»Was, zum Teufel, machst du da?«

»Ich komm – mit.«

»Verdammt! Mich kannst du vergessen! Ich – ich bin Toilettenpapier, verstehst du? Spül mich den Abfluß runter. Aber bleib hier und sei glücklich.«

»Wenn du – dich wegschleichen willst – schleich ich dir nach.« Baval weinte.

Bei dem Geräusch drehte Chav sich um. Gray stand in der Tür.

Sie trug ein übergroßes weißes T-Shirt, das ihrem Vater gehört hatte. Sie schlief in solchen Sachen, und in Chavs Augen sah sie darin aus wie ein verwaister Engel mit einem zu kurzen Hemd. Ein großer, langbeiniger, clownhafter, blasser Rettungsengel.

Das, was er für Gray empfand, bereitete ihm Todesangst.

Sie kam herein und nahm Baval in den Arm, um ihn zu beruhigen, schaute jedoch Chav an. Und sie sagte offen, was sie dachte. So war sie.

»Geh nicht«, sagte sie. »Ich weiß, daß es dir hier gefällt, ich weiß, daß du Lee gern hast. Und mich auch ein wenig.«

Sie sehr. Viel zu sehr. Er schüttelte heftig den Kopf. »Mit dem Gernhaben könnte ich umgehen«, erwiderte er heiser. Sein ganzes Leben hatte er immer wieder Leute gemocht und sie zurückgelassen. Dank seines gottverdammten reichen Gadjo-Vaters waren sie in Florida, Virginia, New York zu Hause gewesen. Es hatte eine Privatschule nach der anderen gegeben. Es hatte Pferde gegeben, die er zurückgelassen hatte. Es hatte immer wieder Freunde gegeben, die er zurückgelassen hatte. Mit dem Gernhaben ließ sich umgehen.

Mit dem Lieben nicht. Wenn du zuläßt, daß du jemand liebst, irgend jemand, sitzt du in der Falle, und entsetzlicher Schmerz ist die Folge.

»Was ist los, Chav? Chav, sag es mir!«

Sein Gesichtsausdruck mußte sich verändert haben. Sie war zurückgewichen. Sie sah aus, als habe sie Angst vor ihm. Daß sein Gesicht manchmal seine Gefühle widerspiegelte, war schlecht.

Nein, es war gut, denn er war durch und durch schlecht. Deshalb hatte sein Vater ihn bestraft, weil er ein schlechter Mensch war. Das mußten sie doch verstehen.

Schlechte Menschen logen. Seine Geschichten und Gedichte waren nichts anderes als Lügen. Eine Zeitlang hatte es ihn gedrängt, die Wahrheit zu sagen, damit die Leute verstehen würden, wenn er weg war. Doch was spielte das jetzt noch für eine Rolle? Bald war alles vorbei. Er würde als Lügner dastehen. Sie würden ihn hassen, wenn es herauskam. Sie würden nicht trauern; es wäre einfacher für sie.

»Nichts«, sagte er zu Gray. »Nichts ist los.«

Liana schaute jetzt ebenfalls zur Tür herein. Chav sah sie nicht an, aber er sagte zu seinem Bruder: »Baval, leg dich wieder hin und schlafe. Ich geh nicht weg.«

Der Junge schaute zu ihm auf, das Gesicht gerötet und fleckig von Windpocken und vom Weinen. »Du bleibst ganz bestimmt da?«

»Ja«, log Chav. Es stimmte zumindest noch für kurze Zeit. In dieser Nacht konnte er nicht mehr weg, wo das ganze Haus wach war und ihn beobachtete. Er würde es schon schaffen, noch eine kurze Weile zu warten. Den richtigen Augenblick abzuwarten.

Baval wurde wieder laut: »Ehrenwort?«

»Ja.« Sie würden ihn dafür hassen, und das war gut so. Haß war gut. Dann würden sie ihn schneller vergessen. »Ja, Ehrenwort.«

10.

Der nächste Tag war ein Samstag. Normalerweise hätte ich geschlafen bis in die Puppen, doch ich war bei Morgengrauen auf und linste in Chavs Zimmer. Ja, er war noch da, lag in seinem Bett.

Eine Tür knarrte; Liana trat auf den Flur und schaute zu mir herüber.

»Gray«, flüsterte sie und winkte mich zu sich.

Ich folgte ihr in ihr Zimmer, und wir setzten uns auf ihr Bett. »Bist du okay?« fragte sie.

»Klar. Warum nicht?«

»Na ja, ich habe dir gesagt, du kannst noch ein paar Tage über alles nachdenken, aber gestern abend habe ich Baval versprochen ...«

»Das mußtest du einfach.«

»Das dachte ich auch. Aber jetzt denkt Chav –«

»Du hättest zu Baval gar nichts anderes sagen können. Daß ich okay bin, weißt du, aber er braucht Hilfe. Und Chavali und Chav auch.«

»Du möchtest also, daß sie hierbleiben?«

»Ja!« Ich hatte keine Zweifel mehr. Sobald ich Chav einmal eine Minute nicht im Blick hatte, bekam ich Angst, er würde davonlaufen. Und falls er ging, würde ich ihn nie vergessen können. Mein ganzes Leben lang würde ich mich fragen, was wohl aus ihm geworden ist. »Natürlich möchte ich es.«

Lee lächelte erleichtert, doch ihre Augen wurden feucht. »Du bist genau wie deine Mutter«, sagte sie. »So großherzig und stark.«

Großherzig? Groß*nasig* hätte es eher getroffen. »Pech, daß ich aussehe wie mein Vater.«

»Moment mal! Mein Bruder war ein ganz lieber Mensch. Er las gern.« Lee schaute mich gedankenverloren an. »Haben sie dir eigentlich gesagt, warum sie dich Grace genannt haben?«

Natürlich hatten sie es mir gesagt, nachdem ich mich oft genug über meinen Namen beschwert hatte. Aber ich wollte hören, was Lee sagen würde. »Ich hab's vergessen.«

»Einmal, weil die Mutter deiner Mutter so hieß, aber zum anderen wegen einem Ausspruch von Hemingway. Er definierte Mut als ›*grace under pressure*‹, also ›*Würde unter Druck*‹. Damit meinte er nicht ein würdevolles Aussehen, sondern eine Art – eine Art innere Ausgeglichenheit. Für deine Eltern bedeutete der Name Grace Mut. Sie wußten, daß du einmal mutig sein würdest.«

»Wie recht sie hatten«, meinte ich ironisch.

»Gray, es stimmt. Ich kenne kein Kind, das mehr Mut hat als du.«

Ich schüttelte den Kopf. »Doch, Chav. Baval und Chavali mitzunehmen, als er davongelaufen ist, und eineinhalb Jahre für sie zu sorgen, ist der Wahnsinn, das Mutigste, was ich je gehört habe.« Die meisten anderen hätten ihre Geschwister hängenlassen, aber Chav hatte alles getan, was er konnte. Und jetzt bezahlte er dafür.

Ich wollte mich anziehen. Auf dem Weg in mein Zimmer guckte ich noch einmal zu ihm rein. Er lag immer noch im Bett, und trotzdem klopfte mein Herz laut bei dem Gedanken, daß ich ihn verlieren könnte; mir tat der Kopf weh vom Nachdenken darüber, wie man ihm helfen könnte. Ich war Grace unter Druck.

Topher, ich meine Chris, kam am Vormittag herüber. Das war ziemlich ungewöhnlich, weil er samstags immer am meisten zu tun hatte. Und als ich ihm die Tür öffnete und hallo sagte, lächelte er nicht, was noch ungewöhnlicher war. Er hatte seinen Hut in der einen Hand und eine Ausgabe des Magazins *Pferdereport* in der anderen; einen Finger hatte er als Merkzeichen zwischen zwei Seiten gelegt.

»Hallo, Liana.« Bei ihr lächelte er, doch das Lächeln reichte nicht ganz bis in die Augen. »Ich muß mit Chav reden.«

»Was gibt's, Chris?«

Er konnte es ihr nicht mehr sagen. Chav kam ins Wohnzimmer, als habe er auf dem Flur gestanden und nur auf sein Stichwort gewartet. Sein Gesichtsausdruck war so gefaßt, daß ich wußte, er hatte diesen Besuch schon länger erwartet, nur hatte er vielleicht gedacht, mein Großvater würde kommen und nicht Topher.

Topher nickte ihm zu, und er wich seinem Blick nicht aus. Sie hatten bisher kaum ein Wort miteinander gesprochen, doch irgendwie schienen sie einander zu verstehen.

»Geht es um Rom?« wollte Liana wissen.

»Ist schon in Ordnung«, sagte Chav zu ihr.

Was sollte das heißen? Daß es in Ordnung war, wenn er ins Gefängnis kam? Daß es in Ordnung war, wenn er aufgab und starb?

»Ich hab mal meine alten Zeitschriften durchgeschaut«, sagte Topher in erster Linie zu Chav. »Es hat 'ne Weile gedauert, bis ich ihn gefunden habe.« Er schlug die Seiten des Magazins auf, die er mit dem Finger gekennzeichnet hatte. Ich wollte nicht hinschauen, weil ich wußte, was ich sehen würde, aber ich mußte einfach. Genau. Auf einer Seite prangte ein Hochglanzfoto von Rom, und darunter stand: »GESUCHT: Fuerza Epica von der Spanischen Reitschule.«

»Er ist ein preisgekröntes Spanisches Vollblut«, sagte Topher, »mit einem Wert von etwa neunzigtausend Dollar.«

Das hob mich fast aus den Schuhen. Ich sah, wie Liana blaß wurde. »Oh, nein«, flüsterte sie.

Alles schaute Chav an. Er sah durch uns hindurch. »Sie hatten ihn in einem Pferch mit Stacheldraht drumrum stehen«, sagte er in der für ihn typischen stillen Art, »und dieser riesenhafte Stallbursche mit dem Schweinegesicht hat auf ihn eingedroschen. Der Kerl war zu groß für ihn. Mit Fußtritten hat er Rom in den Zaun getrieben, wo er sich die ganze Seite aufgerissen hat. Er hat überall geblutet. Unter keinen Umständen konnte ich ihn bei solchen Leuten lassen.«

Topher sah geschockt und überrascht aus. »Auf den Koppeln der Spanischen Reitschule gibt es keinen Stacheldraht«, sagte er. »Ich war dort.«

»Ich sage die Wahrheit.« Chav sprach so leise, daß ich wußte, er war stinkwütend.

»Ich glaube dir ja. Gib mir ein paar Einzelheiten. Wo hast du Rom gefunden? In welchem Bundesstaat?«

Chav schüttelte den Kopf.

»Um alles in der Welt, ich bin kein Bulle. Ich hab nicht vor, dich einzubuchten.« Jetzt war auch Topher wütend, aber er beruhigte sich schnell wieder. »Okay, dann sag mir wenigstens, in welchem Monat.«

»Frühling.«

»Bist du dir sicher?«

»Ja. Es war warm.«

»Das Pferd wird seit Januar vermißt.« Topher warf Chav einen fragenden Blick zu. »Ich nehme an, du hast ihn dem gestohlen, der ihn als erster gestohlen hat.«

Chav erwiderte nichts darauf.

»Ist das besser für ihn?« wollte Liana besorgt wissen.

»Rein technisch gesehen vielleicht nicht. Aber ich fühle mich besser dabei.« Topher legte einen Arm um Liana und drückte sie an sich, dabei sah er Chav mit schiefem Gesicht an. »Chav, wir müssen das Pferd zur Reitschule zurückbringen.«

Chav hatte wieder den eisschwarzen bösen Blick, doch er schaute Topher direkt an. »Werden sie ihn dort anständig behandeln? Ihn nicht schlagen und auch nicht hinter Stacheldraht stecken?«

»Du liebe Güte, nein.« Topher ließ Liana los und betrachtete Chav eingehend. »Du bist schon eine ganz besondere

Nummer, weißt du das? Jeder andere würde fragen, was mit ihm passiert, und du machst dir Sorgen um das Pferd.«

»Was mit mir passiert, ist mir egal.«

Topher wandte den Blick nicht von Chav, als er sagte: »Das Schlimme ist, ich glaub dir das beinah.«

Chav sagte nichts.

»Mir ist es aber, verdammt noch mal, nicht egal«, fuhr Topher fort. »Läßt du mich die Sache in die Hand nehmen?«

Chav sagte nicht nein.

Sein Schweigen muß für Topher wohl Antwort genug gewesen sein, denn er ging zum Telefon. Dann schien ihm jedoch einzufallen, daß er nicht zu Hause war. »Kann ich mal ein Ferngespräch führen?« fragte er Liana. »Ich ...«

»Du gibst mir kein Geld dafür!« fauchte sie, bevor er es anbieten konnte. »Meine Güte!«

Er grinste, während er die in der Zeitschrift angegebene Nummer wählte. Doch während er wartete, bis jemand abnahm, wurde er wieder ernst.

Die Verbindung war wohl da. »Es geht um Fuerza Epica«, bellte er in den Hörer. Seine Stimme klang ganz anders als sonst. »Wenn Sie wissen wollen, wo er ist, stellen Sie keine Fragen, sonst lege ich sofort wieder auf. Was? Nein, Sie legen mich nicht auf die Warteschlange. Sie haben gehört, was ich gesagt habe. Soll ich auflegen?« Er lauschte einen Augenblick. »Okay, tun Sie das. Ich rufe noch einmal an.«

Er unterbrach die Verbindung mit dem Finger und sagte: »Sie holen den Chef.«

Liana nickte. Wir standen alle herum und schauten Topher an, einschließlich Baval und Chavali. Es war, als hätten wir alle miteinander Angst, etwas zu sagen.

Ein paar Minuten später rief Topher noch einmal an, und diesmal war offensichtlich jemand anderer am Apparat, denn er sagte in seiner normalen Stimme, leise und mit diesem leicht schleppenden Südstaatenakzent: »Keine Fragen, ja? Gut. Wenn Sie bitte notieren wollen – Nein, ist schon in Ordnung, Madam, Ihnen vertraue ich.« Das mußte jemand sein, den er von irgendwoher kannte. Er nannte seinen Namen und seine Telefonnummer und gab die Wegbeschreibung zu seiner Farm. »Das Pferd steht noch nicht lang bei mir«, sagte er. »Es ist etwas vernarbt, es wurde mißhandelt, aber von wem, weiß ich nicht. Es muß schon länger her sein. Jetzt ist es wieder in Ordnung.« Pause. »Nein, mehr kann ich Ihnen nicht sagen. Tut mir leid, Madam. Ich erwarte Sie dann heute abend.«

Er legte auf, stand da und schaute das Telefon an.

Dann schaute er Chav an, als überlege er, was er sagen solle. Doch alles, was herauskam, war: »Rom wird heute abend abgeholt.«

Chav stand stumm und steif neben mir, ganz in Schwarz gekleidet wie für eine Beerdigung, und ich konnte praktisch hören, wie sein Herz brach.

»Topher, er *weiß* es. Er hat's *gehört*!« fauchte ich.

Topher nickte. Ich nehme an, das Nicken galt mir, aber er wandte den Blick nicht von Chav. Dann meinte er: »Ich denke, du solltest mit mir rauskommen zum Stall. Ihm auf Wiedersehen sagen.«

Und Chav tat, was keiner von uns erwartet hatte. Er nickte, zog die neue schwarze Winterjacke an, die Liana ihm gekauft hatte, und ging mit Topher.

Ich stand einfach da und schaute ihnen nach, wie sie zum Wagen gingen, und fragte nicht einmal, ob ich mitkommen könne. Ich, die ich vom Reiten nie genug kriegen konnte, blieb zu Hause. Aber ich hatte das Gefühl, als sei dieser Tag für Chav wie die Nächte, in denen er allein herumgeisterte und in die Dunkelheit hinein sang. Ich hatte dabei nichts zu suchen.

Baval stand neben mir am Fenster und schaute hinaus wie ich, und mit hoher, ängstlicher Stimme sagte er: »Er kommt zurück. Er hat versprochen, daß er hierbleibt.«

»Ich will auch bleiben«, sagte Chavali.

»Keine Frage.« Ich nahm ihre Hand. »Das wirst du auch.«

Wir sahen zu, wie Tophers zerbeulter Kombi davonbrauste.

»Er hat versprochen, daß er bleibt«, wiederholte Baval im selben Ton.

»Keine Frage«, bestätigte ich noch einmal. Ich hatte Chavs Versprechen auch gehört.

Die Sonne schien auf die Fensterscheibe. Warum war mir bloß so kalt?

Tophers Anruf kam am frühen Nachmittag. Schon die Art, wie Liana am Telefon stand, nachdem sie abgenommen hatte, sagte mir, daß etwas nicht stimmte.

»Ich komme sofort«, waren so ziemlich die einzigen Worte, die sie sagte. Dann legte sie auf und griff nach ihrer Jacke. »Gray, du bleibst hier. Du hast jetzt die Verantwortung.«

»Du gehst nicht ohne mich!« Auf keinen Fall würde ich hierbleiben, wenn ich wußte, es hatte etwas zu tun mit – »Es geht um Chav, nicht wahr? Er ist weggelaufen, stimmt's?« Ich stellte mich so zwischen sie und die Tür, daß sie nicht an mir vorbeikam. »Ich komme mit.«

»Gray, das geht nicht! Er hat Christophers Gewehr mitgenommen.«

Der Schock nahm mir fast den Verstand. Ich stand einfach nur da.

»Schließ alle Türen ab, und zieh die Vorhänge zu. Ich muß jetzt los und schauen, ob ich etwas tun kann.« Liana wollte an mir vorbei, doch ich packte sie am Arm. Ich bin so groß wie sie, sogar noch ein Stückchen größer, und um einiges jünger und kräftiger. Falls es zu einem Kampf kam, bezweifelte ich, daß sie mich am Mitkommen hindern konnte.

Doch ich brauchte nicht handgreiflich zu werden. Ich bin ziemlich gut, wenn es darum geht, jemand mit Worten zu überzeugen. »Wie kommst du darauf, daß wir hier ganz allein sicher sind, wenn er ein Gewehr hat?« fragte ich. Natürlich glaubte ich nicht eine Sekunde lang, daß Chav einem von uns etwas tun würde. Aber meine Tante Lee war eine Mutter, deshalb mußte sie vor allem Angst haben. Das stand sozusagen in ihrer Arbeitsbeschreibung.

»Verflixt, du hast recht«, murmelte sie. »Okay, dann kommt mit, alle drei. Beeilt euch.«

Baval und Chavali standen in ihren neuen Trainingsanzügen im Flur und hielten sich aneinander fest, als stürze das Dach ihrer Welt ein. So muß es ihnen auch tatsächlich vorgekommen sein. Chav war immer der Ankerpunkt in ihrem Leben gewesen. Ich legte ihnen rasch ihre Jacken um die Schultern und scheuchte sie zum Wagen, bevor Lee ihre Meinung ändern konnte.

Sie kuschelten sich wie junge Hunde auf dem Rücksitz aneinander, während Lee Bereiche ihres Tachos ausprobierte, in denen sie sich bisher noch nie bewegt hatte. Auf dem ganzen Weg zum Stall sagte sie nur den einen Satz: »Er hat Chris eins über den Kopf gegeben und das Gewehr genommen.«

Es mußte sich um das Gewehr handeln, das Topher im Stall unter der Treppe stehen hatte.

»Hat er Rom mitgenommen?« fragte ich.

Liana machte nur eine unbestimmte Bewegung mit der Hand; offenbar wußte sie es nicht.

Im Hof des Reitstalls standen zwei Polizeiautos. Das rotierende Blaulicht sah selbst im hellen Sonnenschein eisig aus. Topher war okay – ihn sah ich als ersten. Er stand im Hof und hielt sich einen Eisbeutel an den Hinterkopf. Als zweiten sah ich meinen Großvater, der ihm die Hölle heiß machte.

»... Beweismittel vorenthalten!« tobte er gerade, als wir aus dem Wagen stiegen. »Das ist strafbar, aber was noch schlimmer ist – wenn Sie mir von dem verdammten Pferd erzählt hätten, hätte ich den Jungen in Gewahrsam genommen, und das hier wäre nicht passiert.«

In seiner ruhigen Art erwiderte Topher: »Sie können nicht mit Sicherheit wissen, was passiert wäre.«

»Was, zum Teufel, wollen Sie damit sagen?«

»Ich will damit sagen, daß es auch schlimmer hätte kommen können. Der Junge ist verzweifelt. Ich wollte nicht, daß er sich in die Enge getrieben fühlt.«

»Sie wollten es nicht!«

»Ich habe mein Bestes getan.« Topher schrie nicht, aber er wich auch keinen Schritt zurück, und er gab nicht nach. Mein Großvater war kurz vor dem Explodieren.

»Sie haben sich da überhaupt nicht einzumischen! Ich würde Ihnen Handschellen anlegen, wenn ich nicht Angst hätte, ich könnte mich dabei vergessen und Ihnen eins aufs Maul hauen. Ich nehme das nämlich persönlich. Meine Tochter steckt da mit drin.«

»Wenn ein Kind so etwas durchmacht, muß jeder sich einmischen«, sagte Topher sehr leise. »Und ich weiß, daß Ihre Tochter da mit drinsteckt. Wenn das vorbei ist, habe ich die feste Absicht, Ihre Tochter zu heiraten, falls sie mich haben will. Ich nehm das also auch persönlich.«

Die Überraschung verschlug meinem Großvater für eine Minute die Sprache. Und Liana, die mit Baval und Chavali an der Hand dabeistand, brachte nur ein Geräusch zustande, das sich anhörte, als würde sie kurz die Luft einziehen. Topher drehte sich um, sah sie und wurde rot. Stumm schauten sie sich an.

Ich bekam nicht mit, wie es weiterging, weil ich in den Stall lief. Sollten die Erwachsenen doch herumstehen und heiße Luft aufwirbeln. Ich wußte, was ich zu tun hatte. Jemand mußte Chav finden.

»Gott sei Dank.« Da stand Rom und schaute mich über die Boxentür hinweg an mit Augen so schwarz wie die Mitternacht. Ich war mir sicher, daß Chav kein anderes Pferd genommen hatte. Er war zu Fuß unterwegs, und das war meine Chance; wenn ich Glück hatte, würde ich ihn einholen.

Leise führte ich Rom aus der Box und legte ihm Zaumzeug an – nur Zaumzeug, für einen Sattel war keine Zeit. Ich schwang mich schon in der Scheune, wo niemand mich sehen und aufhalten konnte, auf seinen glänzenden schwarzen Rücken.

Ausnahmsweise ritt ich einmal nicht die dicke kleine Paradiddel. Aber falls ich Chav finden sollte, mußte es so sein wie in dem Gedicht, es mußte auf dem Rücken des galoppierenden schwarzen Hengstes sein, auf Rom, der selbst im Halblicht der Scheune glänzte wie schwarzes Feuer.

Auf Rom war ich ein anderer Mensch, ich hatte das Gefühl, als könnte ich alles vollbringen. Der Vollbluthengst war nicht groß, doch auf ihm zu sitzen gab einem das Gefühl, ein Riese zu sein.

Irgendwo da draußen war Chav mit dem Gewehr.

Ich drehte Rom zur Tür und flüsterte ihm in seine nach hinten gestellten schwarzen Ohren: »Bitte, wir müssen ihn finden, bevor er was Dummes macht.« Ich will hier nicht behaupten, daß er mich verstanden hat. Aber er wußte, daß etwas im Gang war. Er bebte am ganzen Körper, und als ich den Druck meiner Schenkel verstärkte, spannte er die Muskeln an, bereit loszupreschen. Doch er gehorchte meinem Zug auf das Gebiß.

Ich beugte mich vor, hielt mich an seiner langen Mähne fest und ließ ihn laufen.

Er senkte den schweren Kopf und lief sofort im Galopp. Es war wie Blitz und Donner gleichzeitig, ein schwarzer Blitz, eine Windböe vor dem Sturm. Ich hörte Leute schreien – Topher, meinen Großvater, Lee –, aber ich sah keinen. Bis ich einmal geblinzelt hatte, hatte ich sie schon hinter mir gelassen, und wir flogen über die Felder.

Leere Felder. Wohin war Chav gegangen?

Wir waren außer Sichtweite des Stalles. Mein ganzer Körper schmerzte von den kraftvollen Bewegungen des schwarzen Pferdes beim Galoppieren. Ich ließ Rom langsamer gehen und versuchte zu denken, versuchte mir vorzustellen, ich sei Chav. Wohin wäre ich in seinem Fall gegangen?

Mein Leben hat die Farbe der Mitternacht.
Das schwarze Pferd des Zorns galoppiert heran ...
Die Welt wird sterben unter seinem eisernen Huf,
Und der Mond in meinem Himmel ist ein kaltes leeres Auge ...

Ich mußte es akzeptieren: Chav war so voller Schmerz, daß er sterben wollte. Und so voller Wut, daß er töten wollte.

11.

Als Chav auf dem Weg zum Reitstall auf dem Beifahrersitz von Tophers Wagen saß, spürte er, wie etwas in ihm auseinanderbrach – er konnte es fast knacken hören, wie ein Knochen, der bricht, nur daß es kein Knochen war, sondern – er selbst. Er sagte nichts, doch er wußte: Bald war es vorbei. Die Ganzheit seiner Person, die er aufrechterhalten konnte, solang Baval und Chavali ihn brauchten, löste sich sehr rasch auf, seit er wußte, daß sie nicht mehr auf ihn angewiesen waren. Er kam sich jetzt wie zwei oder noch mehr Menschen vor.

Zeig es ihnen, sagte einer davon. *Bring sie alle um.*

Den nicht, flehte ein anderer. *Topher nicht.*

Doch, Topher auch. Du Wichser, du Feigling, du rotznasiger Hosenscheißer, kannst du denn überhaupt nichts recht machen? Kein Wunder, daß du am Ende doch immer am Boden gelegen hast, kein Wunder, daß du nie gewinnen konntest. Du bist zu nichts nütze. Du bist ein Versager.

Halt die Klappe. Laß mich in Frieden. Ich will nur sterben.

Es war, als habe die Zeit ein paar Takte übersprungen. Plötzlich war er da, betrat den Stall, und Rom wieherte und streckte den langen, kräftigen Kopf aus der Box, froh, ihn zu sehen. »Hallo, Zigeunerpferd«, flüsterte er, streichelte Roms Stirn, legte die Wange an die samtweiche Pferdenase. Tiere zu lieben schien in Ordnung zu sein. Und es gab keinen Grund, noch länger vor Rom Angst zu haben. Keinen Grund, noch länger Angst zu haben vor dem schwarzen Hengst des Zorns. Was immer geschehen sollte, würde geschehen.

Ganz kurz bedauerte Chav es, daß er das Pferd nicht Gray schenken konnte. Das hätte ihr gefallen.

Hör auf mit Gray. Sie ist auch nichts anderes als eine verdammte Gadjo. Bring sie alle um.

Nein, nicht alle.

Alle! Bring sie um. Das ist die einzige Möglichkeit, wie aus einer Tussi wie dir jemals ein Kerl werden kann.

Topher kam mit der Putzkiste. »Ich muß ihn für heut abend noch aufpolieren«, murmelte er.

Rom glänzte bereits wie die schwarzen Flügel des Todesengels. Topher hatte ihn gut gefüttert. Gestriegelt. Rundum gut für ihn gesorgt.

Als er die Putzkiste abstellte und sich darüber beugte, griff Chav nach einem Besenstiel und zog ihm mit aller Kraft eins über den Hinterkopf.

Topher sackte zusammen und blieb reglos liegen.

Als habe er das sein Leben lang geprobt, ging Chav zu der Ecke, wo das Gewehr stand; er hatte es an dem Tag gesehen, als er Rom hergebracht hatte. Ja, es stand noch da. Er untersuchte es. Ja, es war geladen. Er drückte es an sich und nahm zwei Schachteln Munition vom Regal direkt darüber.

Drehte sich um und wußte, daß er mit dem Mord an Topher anfangen sollte.

Nein.

Doch. Er ist ein verdammter Gadjo.

Nein. Er liebt Pferde.

Zum Teufel mit der Liebe! Was hat dir die Liebe denn bis jetzt eingebracht? Zum zertretenen Wurm hat sie dich gemacht, so sieht's doch aus. Bring ihn um. Bring sie alle um, oder –

Okay, okay! Einen Augenblick noch.

Er zog den Brief aus seiner Jackentasche und ließ ihn mitten in der Scheune auf den Boden fallen. Dann hob er ihn wieder auf und las ihn noch einmal. Er hatte ihn in den dunklen Stunden nach Mitternacht geschrieben, nachdem Gray und die anderen wieder ins Bett gegangen waren, ihn etliche Male verworfen und wieder neu geschrieben. Jetzt stand da:

Liebe Gray und Lee,
wenn Ihr diesen Brief lest, wißt Ihr bereits, was für ein schlechter Mensch ich bin. Baval und Chavali sind liebe Kinder, aber mich könnt Ihr nicht wollen. Ich weiß, daß Ihr Euch gut um

die Kleinen kümmern werdet, deshalb kann ich jetzt gehen. Bitte bringt Baval zu einem Arzt. Er hat zu viele schreckliche Dinge gesehen, als er klein war – unser lieber Vater zwang ihn gewöhnlich zum Zuschauen. Er konnte es nicht ertragen, deshalb hat er alles aus seinem Gedächtnis verbannt; er erinnert sich an nichts von all dem, was passiert ist, bevor wir davongelaufen sind. Er erinnert sich nicht einmal mehr richtig an unsere Mutter, und die ganzen Geschichten, die ich ihm erzählt habe, haben alles noch schlimmer gemacht. Ich habe Angst, daß eines Tages alles wiederkommt und er verrückt wird wie ich. Vielleicht kann ein Arzt ihm helfen.

Ich hoffe, Chavali wird einmal keine solchen Probleme haben. Auch sie erinnert sich kaum noch, aber bei ihr liegt es daran, daß sie noch so klein war.

Versucht bitte nicht, ihre richtigen Namen herauszufinden – nur zur Sicherheit, damit niemand sie zu ihrem Vater zurückschicken kann. Ich gehe, weil ich durch und durch schlecht bin wie er, ich bin voller Haß wie er. Ich möchte Baval und Chavali nicht weh tun, aber alle anderen sind mir egal. Ihr könnt mich also einfach vergessen.

In Liebe

Chav

Du Idiot, bist du denn total bescheuert? Schreibst »In Liebe« darunter!

Irgendwo mußte doch ein Kuli sein. Er konnte es durchstreichen.

Topher regte sich auf dem Boden und stöhnte.

Keine Zeit, es durchzustreichen, es sei denn, er brachte Topher jetzt gleich um …

Nein.

Es war auch keine Zeit mehr, mit seinem anderen Ich zu streiten.

Leg den verdammten Brief endlich hin, nimm das Pferd und hau ab.

Er legte den Brief neben Tophers Hand. Rom schaute aus seinen weisen, mitternachtsschwarzen Augen ruhig auf ihn herunter.

Rom war nicht der schwarze Hengst seines Zorns.

»Nein«, sagte Chav laut zu ihm, »du bleibst hier. Du bist zu schade für den Zigeunerabschaum. Geh zu der Farm des reichen Gadjo und werde glücklich und mach viele Fohlen mit vielen Stuten.« Plötzlich packte ihn die Wut. »Schau mich nicht so an!« schrie er, und dann lief er los.

Seine Füße schmerzten wie immer, denn sein Vater hatte sie ihm mehr als einmal gebrochen. Sein ganzes Leben hatten sie geschmerzt, und sein ganzes Leben würden sie schmerzen.

Sein ganzes Leben? Lang war das nicht mehr.

Bei dem verwüsteten Friedhof blieb er stehen und setzte sich dann mit dem Gewehr in der Hand auf den weißen Rükken des zerbrochenen Engels. Er keuchte und überlegte. Was Rom betraf, hatte er recht gehabt. Obwohl er Rom im Stall hatte stehenlassen, war der schwarze Hengst des Zorns immer noch bei ihm; er galoppierte, galoppierte in seiner Brust.

»Sie glauben, daß ich das war«, murmelte Chav, während er die umgestürzten Grabsteine betrachtete, die herausgerissenen Blumen. »Ich sorge dafür, daß sie noch ein paar kriegen, die sie hier beerdigen können. Wenn sie wollen, können sie mich auch hier beerdigen. Aber ich weiß, daß sie es nicht wollen.«

Als er aufstand, wußte er, wohin er gehen würde. Es war Samstag nachmittag. Dieses wichtige Fußballspiel war angesagt. Matt Nerring und Fischy Fischel und ihre ganze Gadjo-Bande waren dort. Und noch ein paar tausend Gadjos mehr.

Chav hielt das Gewehr wie ein Baby im Arm und marschierte los. Alle paar Schritte bereitete ihm irgend etwas anderes Schmerzen: seine Füße, ein Gedanke, seine Seele, und er fluchte. Die Bäume hatten fast alles Laub verloren. Von der anderen Seite der braunen Hügel klang das Dröhnen der Musikkapelle zu ihm herüber.

* * *

Ich flüsterte dem schwarzen Hengst ins Ohr: »Wohin würde er gehen, Rom? Wir müssen ihn finden.« Doch wie das vonstatten gehen sollte, wußte ich nicht. Seiner Spur zu folgen war nicht möglich. Chav war kein Pferd, er hinterließ kaum Spuren, und außerdem hatte es seit einer Woche nicht mehr geregnet. Der Boden war bereits wieder hart.

Rom stellte die Ohren auf und lauschte auf das, was ich sagte. Ich ließ die Zügel locker. »Welche Richtung, Junge?«

In einem gleichmäßig fließenden Trab steuerte er auf die Bahnlinie zu.

»Wo ist Chav?« fragte ich ihn – oder die Luft oder mich selbst – immer wieder. »Wo ist Chav?«

Es war merkwürdig. Ich bin mir heute noch nicht sicher, wie es damals ablief, ob Rom tatsächlich begriff, worum es ging, ob es sein Geruchssinn war, der ihn Chavs Spur folgen ließ, oder ob die Tatsache, daß ich Chavs schwarzen Hengst des Zorns ritt, mich instinktiv in die richtige Richtung lenkte, nämlich den Gleisen entlang zur Stadt.

Manchmal bestimmte Rom, welchen Weg wir einschlugen, und manchmal ich – oder vielleicht wir beide zusammen. Wir waren miteinander verbunden wie zwei Teile ein und desselben schwarzen Tieres. Ich trug an diesem Tag sogar meine schwarze Jeans, und ich spürte schwarze Hufe hart und schmerzhaft in meiner Brust.

»Er ist so voller Wut«, flüsterte ich. »Wenn sie dich schlagen und schlagen und immer wieder schlagen, kommst du dir bald vor wie der letzte Dreck, so als seist du fast überhaupt nichts mehr, und du glaubst, du mußt zurückschlagen oder sterben.«

Vielleicht war es auch nur schieres Glück, das Rom und mich lenkte. Ich schaute in der »Burg« nach, im Silo – nichts. Wir ritten eine Schleife durch den Wald. Als wir auf den Weg zurückkamen, sah ich Chav.

Er stand am anderen Ende der Eisenbahnbrücke und zielte mit dem Gewehr direkt auf mich.

Ich brachte Rom zum Stehen und blieb reglos im Sattel, und ich glaube, mir brach der Schweiß am ganzen Körper gleichzeitig aus. Ich weiß nicht, wovor ich mehr Angst hatte, vor der Vorstellung, daß Chav mich erschießen könnte – auch wenn ich nie wirklich glaubte, daß Chav auf mich schießen würde –, oder vor der Vorstellung, diese verdammt hohe Brücke über diesem verdammt tiefen Fluß überqueren zu müssen, um ihn zu erreichen. Ich ritt ohne Sattel, und auf Rom zu sitzen war etwas ganz anderes, als auf Diddel zu sitzen. Rom schnaubte und war schon beim normalen Gehen unruhig. Falls es ihm einfiel, mitten auf den Schienen zu tanzen, konnte ich herunterfallen und sechzig Fuß tiefer im Fluß landen.

Achtundsechzig Fuß, denn solang ich auf Rom saß, war mein Kopf noch einmal acht Fuß über der Brücke.

»Bleib weg!« brüllte Chav. Seine Stimme, die über den Fluß zu mir herüberschallte, klang wie die von Baval manchmal: hoch und zittrig. Er war im Grunde noch ein Kind, und er hatte genausoviel Angst wie ich.

Das brachte irgendwie die Entscheidung. Ich hielt die Zügel fester, drückte die Knie leicht in Roms Seiten und ließ ihn antraben.

»Nein! Geh zurück!« Chav schien in Panik.

»Ich kann nicht!« rief ich. Das entsprach den Tatsachen, denn Rom war inzwischen auf der Brücke. Ausgeschlossen, daß ich versuchen würde, ihn auf diesem schmalen, gefährlichen Zementstreifen umzudrehen.

»Stop! Keinen Schritt weiter!«

Ich ließ Rom nicht anhalten. Klar, ich hatte Angst, aber ich mußte es tun. Ich mußte zu Chav.

»Bleib, wo du bist, oder ich schieße!«

»Das wirst du nicht.« Falls er es tat und ich in den Fluß fiel, hatte ich keine Chance zu überleben ... aber ich war ziemlich sicher, daß er es nicht tun würde, und noch sicherer, daß er es nicht riskieren würde, Rom zu verletzen.

»Ich tu's! Ich schieße! Du bist eine Gadjo!«

Da packte mich die Wut. »Gadjo-Schmadjo!« schrie ich so laut, daß Rom zusammenfuhr. »Das hast du dir doch bloß so zurechtgedacht, damit du alle hassen kannst!«

Ich war inzwischen nah genug, daß ich sein Gesicht sehen konnte, und der Anblick tat weh. Der ganze Schmerz und die ganze Wut, die er bisher vor mir verborgen hatte, schauten ihm jetzt aus den Augen.

»Verdammt, Gray!« Der Gewehrlauf schwankte in seinen Händen wie ein Zweig im Wind. Er wich zurück. »Scheiße, ich kann's nicht, ich kann dir nichts tun. Aber ich kann immer noch den anderen was tun. Du hältst dich raus.«

»Welchen anderen?« Ich hatte Rom endlich wieder auf festem Boden. Jetzt fiel das Atmen nicht mehr so schwer, und es war auch einfacher, sich auf das Gespräch mit Chav zu konzentrieren.

»Nerring. Fischel. Die ganze Bande. Das ganze Pißvolk in eurer Gadjo-Schule. In eurer Gadjo-Stadt. Sie sind bestimmt alle dort. Bei diesem superwichtigen Spiel zum Saisonauftakt.«

Mein Gott, ich mußte ihn aufhalten, ich mußte ihm irgendwie das Gewehr abnehmen.

Ich überlegte: Wahrscheinlich könnte ich ihn mit Rom überwältigen. Ihn einfach über den Haufen reiten. Aber würde Rom das machen? Konnte ich ihn dazu zwingen, und kam ich dann an das Gewehr, ohne Chav oder das Pferd zu verletzen? Es war riskant. Ich ging statt dessen ein anderes Risiko ein. Ich glitt von Rom. Es schien mir nicht richtig, auf Chav herunterzuschauen, im wahrsten Sinn des Wortes von oben herab mit ihm zu reden.

»Du bist unterwegs zum Spiel, um dort Leute umzubringen?« Ich versuchte, nicht zu entsetzt zu klingen, weil er sonst denken würde, ich hielte ihn für ein Monster, und das stimmte ja nicht. Was er vorhatte, war furchtbar, aber Chav war kein schlechter Mensch. Auch wenn er sich wahrscheinlich dafür hielt.

»Sie und mich. Ich werde so viele wie möglich mitnehmen und dann selber gehen.«

Er hielt das Gewehr an die Schulter gepreßt, und ich redete laut und schnell, und seine Augen waren wild wie die eines verschreckten Mustangs. »Und wenn Liana dort ist?« Obwohl ich wußte, daß er wußte, daß sie nicht dort war.

»Dann würde ich woanders hingehen. Zu *McDonalds* oder so. Dir oder Liana könnte ich nichts tun.« Schon das Aussprechen ihres Namens ließ ihn etwas ruhiger werden. »Aber –«

Ich schrie los: »Aber du glaubst, daß mir das, was du tun willst, nicht weh tut? Du denkst, wenn Leute aus meiner Klasse sterben, macht mir das nichts aus? Chav, Menschen sind Menschen! Es gibt keine Unterscheidung in Gadjos und Zigeuner. Alles, was irgend jemand weh tut, tut auch mir weh!«

Er starrte mich groß an, aber ich hatte nicht den Eindruck, als habe er mich verstanden. Ich erklärte wohl nicht besonders gut, aber ich mußte weiterreden.

»Und was ist, wenn Minda dort ist?« Meine Stimme zitterte, denn das konnte tatsächlich sein.

Von da an konnte ich nicht mehr reden, selbst wenn mir noch etwas eingefallen wäre. Ich stand da und schaute ihn an, beobachtete stumm den Kampf, der in ihm tobte. Er stand mitten auf den Schienen, das Gesicht wie versteinert und mit Augen wie eine schwarze, wolkenverhangene Nacht.

Dann schien dieses harte Gesicht auseinanderzubrechen, und er ließ das Gewehr sinken. »Okay«, brach es aus ihm heraus, »okay, vergiß es! Du willst nicht, daß ich es mache, dann mach ich's auch nicht.«

»Chav«, flüsterte ich und streckte die Hand nach ihm aus, um ihm zu danken, doch er machte einen schnellen Schritt nach rückwärts.

»Ich räume – nur mich aus dem Weg.« Seine Stimme versagte. »Das ist – sowieso das wichtigste. Schluß machen.« Er wich noch weiter zurück. Zwar war er noch auf den Gleisen, aber er bewegte sich weit außerhalb meiner Reichweite, und er drehte das Gewehr jetzt so, daß die Spitze des Laufs unter seiner Nase war und der Daumen am Abzug.

»Nein!« Mein Gott, das konnte er doch nicht machen. »Chav, warum bringst du mich dann nicht auch gleich um?« rief ich. »Wenn du das machst, sterbe ich innendrin sowieso. Immer, wenn ich an dich denke, wird es weh tun.«

Seine Hand zitterte, als er den Abzug losließ. Ich sah es, obwohl ich mich ganz auf sein Gesicht konzentrierte: auf die schmale Linie des Mundes, auf die Augen, die mich anstarrten, schwarz vor Schmerz wie die eines gefangenen Tieres.

Es gelang mir, leise und ruhig zu fragen: »Warum? Warum willst du es machen? Sag es mir.«

»Ich – ich muß sterben.«

»Weil du jemand weh tun willst?«

»Weil – weil ich – der Abschaum bin.«

Die Hand bewegte sich wieder in Richtung Abzug. Er würde es wirklich tun, und ich konnte ihn nicht daran hindern. Mein Herz konnte auseinanderbrechen und eine rote Pfütze auf den Schienen machen, und er würde es trotzdem tun. Mir fiel nur eine einzige Sache ein, die ihn daran hindern könnte. »Carl!« rief ich. »Mit deiner Mutter – wie war das? Woran ist sie gestorben?«

Ich mußte es tun. Ich mußte irgendwie zu ihm durchdringen, auch wenn sein Gesicht sich verzerrte, als hätte ich ihm einen Messerstich versetzt.

»Nein!« schrie er zurück. »Laß sie aus dem Spiel!«

»Ich kann nicht. Hat sie sich selber das Leben genommen? Sag es mir!«

»*Nein!* Mein Vater war's. Er – er hat sie geschlagen –«

Der Schmerz war so groß, daß er die Augen schließen mußte; Tränen liefen ihm über das vernarbte Gesicht.

»Er hat sie geschlagen und nicht mehr aufgehört; wir haben uns alle unter dem Tisch versteckt, und er knallte ihren Kopf immer wieder auf den Boden –«

Ich ging zu ihm, drückte die Hand mit dem Gewehr nach unten und legte den Arm um ihn.

Er weinte so sehr, daß er kaum reden und ich ihn kaum verstehen konnte. Nur ab und zu schnappte ich ein paar Wörter auf – »ich war von oben bis unten voller Blut« – ich hielt ihn ganz fest und führte ihn von den Schienen weg zu einem Stückchen Wiese und brachte ihn dazu, daß er sich hinsetzte – »... tot, aber – am nächsten Morgen war sie einfach verschwunden« – ich setzte mich neben ihn und hielt ihn fest – »als hätte er sie mit dem Abfall rausgestellt. Keine Beerdigung, keine Blumen« – Chav versuchte nicht mehr weiterzusprechen. Ich zog ihn an meine Schulter, Rom kam herüber und stupste ihn mit der Nase an, und er weinte – jeder Schluchzer hätte der Welt ein Ende setzen müssen. So hatte ich noch nie jemanden weinen hören, nicht einmal Liana an dem Tag, als alle starben, nicht einmal mich.

Ich saß da und hielt ihn fest, und Rom stand mit hängenden Zügeln daneben und schaute auf uns beide herunter, und Himmel und Erde blieben heil, obwohl ich das Gefühl hatte, als müßten sie auseinanderbrechen. Nach einer Weile griff ich nach Chavs Hand und wollte ihm das Gewehr wegnehmen, was aber ein Fehler war. Er hielt es fest, setzte sich aufrecht hin und rückte von mir ab.

»Chav«, sagte ich leise, »ich habe schon einmal einen Bruder verloren. Ich möchte nicht noch einen verlieren. Bitte.«

Er schaute mich mit nassen Augen an. »Bin ich – das für dich?« fragte er mit belegter Stimme. »Dein Bruder?«

»Ja.«

Sein Oberkörper entspannte sich, und er legte den Kopf wieder an meine Schulter. Dann hob er einen Arm und drückte mich an sich.

Er weinte den ganzen Nachmittag. Es war wie bei einem Gewitter – er konnte einfach nicht aufhören. Einmal stand er auf und stolperte in den Wald, um sich vom vielen Weinen zu übergeben. Er hatte das Gewehr endlich losgelassen, hatte es beiseite gelegt; ich schnappte es, lief ein paar Schritte auf die Brücke und warf es in den Fluß. Als Chav zurückkam, schien ihm nichts aufzufallen. Er sank einfach ins Gras, das Weinen schüttelte ihn immer noch, und ich ging zu ihm und hielt ihn wieder fest, und er ließ es zu.

Bei Sonnenuntergang war er so erschöpft, daß er mir in die Augen schauen und mir Dinge sagen konnte, die er anders nie hätte sagen können. Er lag im Gras und hatte mir das Gesicht zugewandt und erzählte mir, wie sein Vater ihn einmal zur Strafe an einen Baum gebunden und zwei Tage dort hatte stehen lassen. Wie sein Vater ihn einmal eine Woche lang im Keller eingeschlossen hatte. Wie keiner aus der

Familie das Telefon benutzen oder Freunde mit nach Hause bringen durfte, und wie keiner ihm helfen durfte, sein Bruder nicht und selbst die Mutter nicht. Wie sie sich nie wehrte – manchmal hatte er sie deshalb gehaßt. Dann hatte er sich selbst gehaßt und war zu dem Schluß gekommen, daß er es verdient hatte, wenn sein Vater ihn bestrafte.

»Er war immer nur hinter meiner Mutter und mir her«, erzählte er, entsetzlich ruhig, entsetzlich müde – er konnte nicht mehr weinen. »Robbie hat er nie geschlagen, aber manchmal hat er ihn zum Zuschauen gezwungen. Das war vielleicht noch schlimmer.«

Es dauerte eine Weile, bis ich begriff. »Robbie ist Baval?«

»Ja, aber nenn ihn nicht so, er erinnert sich nicht mehr. Irgendwann wird unser Vater aus einem bösen Traum heraus auf ihn losgehen ...« Chav schloß die Augen. »Manchmal hasse ich auch Robbie.«

»Aber gleichzeitig liebst du ihn.«

»Ich – das ist das, was so weh tut, das Liebhaben. Mein Vater – jetzt hasse ich ihn, aber damals – ich hab immer wieder versucht, es ihm recht zu machen – ich wollte – ich wollte, daß er mich – anlächelt ...«

Er brachte es nicht über die Lippen zu sagen, daß er gewollt hatte, daß sein Vater ihn liebt. Eine Weile lag er mit geschlossenen Augen da. Ich langte hinüber und strich ihm die Haare aus der Stirn.

»Gehen wir nach Hause«, sagte ich.

Er öffnete die Augen nicht. »Gray – es tut so weh, ich weiß nicht, ob ich es schaffe.«

Ich wußte, daß er nicht das Nachhausegehen meinte; das Gefühl, das er meinte, war mir noch von vor zwei Jahren in Erinnerung. »Du schaffst es«, sagte ich. Er mußte es schaffen. »Komm. Kannst du reiten?«

Jetzt machte er die Augen auf und schaute hinauf zu dem

Pferd, das sehr schwarz im grauen Abendlicht über ihm stand. Dann stand er auf – er war ziemlich wackelig auf den Beinen –, lehnte sich an Rom und verbarg das Gesicht in der schwarzen Mähne, die über den kräftigen, gebogenen Hals des Hengstes fiel. Ich wußte: Früher einmal war ein kleiner Junge, dem man weh getan hatte, zu seiner Mutter gelaufen und hatte seine Wange so an ihr langes schwarzes Haar gedrückt.

»Dieser große Kerl hier war nicht das schwarze Pferd, vor dem ich Angst hatte«, murmelte Chav. »Das ganze Zeug ist in mir drin.«

Nach einer Weile straffte er die Schultern und schaute mich an, und seine Augen waren klar, und ich begann wirkliche Hoffnung zu schöpfen, denn ich sah kaum noch Wut in ihnen, nur eine schreckliche Traurigkeit. Aber die, das wußte ich, würde vorübergehen.

Ich schwang mich zuerst auf Rom, weil Chav noch ganz fertig war. Dann half ich ihm hinter mir hinauf, und er lehnte sich an mich und legte den Kopf an meinen Nacken. Wir mußten bei fast völliger Dunkelheit die Eisenbahnbrücke überqueren, aber ich vertraute Rom und ließ nicht zu, daß ich Angst hatte. Das konnte ich mir nicht erlauben. Jemand mußte schließlich auf Chav aufpassen.

12.

Es war Nacht, als wir über den Friedhofshügel ritten, aber unten hatte Topher die Flutlichter an, und es sah aus, als habe sich die halbe Welt beim Stall versammelt. Mittendrin stand der große Pferdetransporter der Spanischen Reitschule, der gekommen war, um Fuerza Epica abzuholen.

»Chav«, begann ich vorsichtig, und ich merkte, wie er den Kopf hob und sich umschaute, und spürte, wie seine Finger sich in meine Schultern bohrten, als er es sah.

»Meinst du, du kannst ihn von hier aus übernehmen?« fragte ich. Vielleicht war es ganz gut, wenn er es tat.

Er antwortete nicht, und mir fiel auf, daß seine Hände zitterten, aber nicht allzu schlimm. Vielleicht brauchte er einfach mal wieder Zügel zwischen den Fingern.

Ich hielt Rom an, schwang das Bein über seinen Hals und rutschte herunter. »Jetzt bist du dran«, sagte ich zu Chav. »Zeig ihnen, was das schwarze Pferd kann.«

Er hatte die Wahl: Er konnte ihnen das schwarze Pferd des Zorns zeigen, wie es durch die Nacht galoppiert, oder er konnte ihnen Rom zeigen. Aus der Art, wie ich ihn hatte reiten sehen, schloß ich, daß er wußte, was Rom alles konnte. Ich trat zur Seite und wartete.

Ohne mich anzuschauen, nahm Chav die Doppelzügel wie ein Profi in die Hände, ließ den Vollbluthengst antraben und langsam und graziös den Hügel hinuntergehen. Unten standen die Polizeiautos und Reporter und Gaffer und vielleicht auch noch ein paar Leute, die sich wirklich um Chav sorgten.

Erst als er unten ankam, erkannten sie ihn. Ungefähr drei Dutzend Leute schrien durcheinander, ein paar liefen auf ihn zu, und ein paar wichen zurück, als habe er immer noch ein Gewehr bei sich. Doch dann blieben sie alle stehen, wo sie gerade waren, denn Chav hatte Rom ein Zeichen gegeben, und der Vollbluthengst tanzte.

Im leichten Trab tanzte er diagonal auf sie zu. Dann hob Chav ihn in einen Handgalopp, so langsam und fließend, als tanze er Walzer, immer hin und her – Chav hatte ihm das Signal gegeben, bei jedem Schritt die Richtung zu wechseln. Roms Vorderbeine bogen und drehten sich wie die Arme eines Ballettänzers, wie im Traum, doch er war schiere Kraft, Dynamit in der Nacht, sein Rumpf, die Schultern und der breite, gebogene Hals so schwarz, daß sie feurigweiß glänzten. Die Leute konnten den Blick nicht abwenden. Ich stellte mich zu der Menge. Es war still wie in der Kirche, und keiner bemerkte mich, denn alle beobachteten wie gebannt Rom.

Es mag drei oder vier Minuten gedauert haben. Ich weiß es nicht. Zeit schien keine Rolle mehr zu spielen. Als Chav Rom ein letztes Mal durch einen langen, diagonalen Trab führte und dann auf den Hof ritt, blinzelten alle und schauten sich um, als hätten sie vergessen, wo sie waren.

Neben Topher stand sehr aufrecht eine elegante weißhaarige Dame in einer weißen Bluse und einem Wickelrock. Chav ließ Rom vor ihr anhalten, legte eine Hand an die Seite und senkte den Kopf in einer formellen Verbeugung. »Gruß an die Richter« heißt das, glaube ich. Er muß das Gefühl gehabt haben, als sei an diesem Abend die Welt angetreten, um über ihn zu richten.

Er glitt von Rom, übergab der fremden Dame die Zügel und wandte sich zum Gehen.

Doch die Frau hielt ihn mit einer leichten Berührung auf. »Ich kenne dich.«

Chav drehte sich mit wildem Blick und voller Angst zu ihr um. Baval und Chavali waren zu ihm hingelaufen und hängten sich an ihn, und er legte beschützend die Hände auf sie.

»Ich habe dich reiten sehen«, sagte die weißhaarige Frau. »Du bist Zweiter geworden bei einem Turnier in –«

»Bitte«, flüsterte Chav, »hier weiß keiner meinen richtigen Namen.«

Die Frau nickte, als verstünde sie. »Und weil du nicht Erster geworden bist, hat dich dein Vater hinter die Tribüne gezogen und mit dem dicken Ende der Reitgerte ins Gesicht geschlagen.« Sie sprach jetzt sehr leise. »Ich habe es gesehen und gemeldet, doch niemand wollte etwas unternehmen. Dein Vater ist ein sehr reicher und auch ein sehr einflußreicher Mann.«

Baval hatte den Kopf gehoben. Er lauschte konzentriert mit unbewegter Miene.

Chav flehte die Frau an: »Er darf nicht erfahren, wo wir sind.«

»Himmel noch mal, Chav!« Mein Großvater baute sich mit vorgerecktem Kinn vor ihm auf. »Glaubst du denn, wir würden es zulassen, daß dir oder deinen Geschwistern etwas passiert? Der Hundesohn kommt nicht in eure Nähe, nur über meine Leiche. Und du darfst ihn nicht ungestraft davonkommen lassen. Er gehört ins Gefängnis.«

»Er hat unsere Mutter umgebracht«, flüsterte Baval.

»Was?« Meinem Großvater fielen fast die Augen aus dem Kopf.

»Er hat Mutter umgebracht. Ich hab's gesehen.« Baval hielt sich krampfhaft an Chav fest, und sein Gesichtsausdruck war – Ich wollte zu ihm gehen, doch jemand, Minda, hatte mich um die Taille gefaßt und hüpfte um mich herum und umarmte mich. Und Lee war plötzlich auch da und fragte immer wieder, ob ich in Ordnung sei.

Chav war nicht in Ordnung. Er starrte einen Polizisten an und schien von dem, was um ihn herum vorging, nicht viel zu verstehen. »Sie müssen mich ins Gefängnis stecken«, sagte er zu meinem Großvater. »Ich war verrückt. Ich wollte Leute umbringen.«

»Wir stecken Kinder nicht ins Gefängnis.«

»Sie müssen aber!« Chav kämpfte sich einen Schritt näher zu ihm hin. »Ich hab doch den Friedhof umgebaggert, oder? Stecken Sie mich ins Gefängnis.«

»Das ist nicht wahr!« Minda ließ mich los und lief zu meinem Großvater hinüber. »Das ist nicht wahr. Ich weiß, wer den Friedhof verwüstet hat. Es war nicht Chav, es war –«

»Nicht jetzt«, sagte ich. Ich hatte es endlich geschafft, auch hinüberzugehen und Baval an der Hand zu nehmen, und ich spürte, wie er zitterte. »Großvater, bitte tu was.«

»Ich hab's schon gehört«, sagte mein Großvater zu Minda. »Der junge Fischel und seine Freunde. Fischy hat heute nachmittag mit Peck und mir gesprochen. Peck ist ziemlich fertig. Sein eigener Sohn – grundgütiger Himmel!«

Liana unterbrach ihn scharf. »Vater, bist du mit Chav fertig? Baval geht es nicht gut. Wir müssen sie nach Hause bringen.«

»Ich habe Topher eins über den Schädel gegeben«, beharrte Chav. »Das ist schwere Körperverletzung, oder?«

»Du liebe Zeit, da hat mich ein Ponyfohlen schon schlimmer erwischt«, meinte Topher.

»Ich habe Rom gestohlen!«

Offensichtlich war darüber bereits geredet worden. Die weißhaarige Dame hatte eine Hand auf Roms Nacken, schüttelte den Kopf und lächelte.

Mein Großvater sagte etwas mürrisch: »Tut mir leid, Chav, aber wie es aussieht, kann ich dir nichts anhängen. Niemand will Anzeige gegen dich erstatten.«

Baval zitterte in meinen Armen und begann zu stöhnen. Chav schaute ihn an und riß die Augen auf. »Bruder, was ist los? Was fehlt dir?«

»Vater hat Mutter umgebracht«, flüsterte Baval unter Stöhnen. »Er war zu groß, und er hat sie zu fest geschlagen, und ihr Kopf ist aufgeplatzt. Alles war voller Blut, sie ist bestimmt tot. Alles war voller Blut, sie ist bestimmt –«

»Oh, mein Gott.« Chav zog Baval an sich und drückte ihn

an seine Brust. Mit leeren Augen starrte er mich über den Kopf seines Bruders hinweg an.

»– tot. Alles war voller Blut –«

Es war furchtbar, mit anhören zu müssen, wie Baval es unaufhörlich wiederholte. Er hatte eine Erinnerung wiedergefunden, die er nicht ertragen konnte.

»Wir bringen den Jungen jetzt besser in ein Krankenhaus«, sagte mein Großvater. »Chav, stimmt es, was er sagt? Daß euer Vater eure Mutter umgebracht hat?«

Ich nehme an, das war zuviel für Chav. Er schrie meinen Großvater an: »Kein Wort über ihn! Ich bin genau wie er!«

»Nein, das bist du nicht«, widersprach mein Großvater leise. »Du brauchst nur jemand, der dir hilft, alles zu sortieren, und dafür gibt es Ärzte. Kommt jetzt, alle beide.«

»– voller Blut. Sie ist bestimmt tot –«

Mein Großvater und Liana packten Chav und Baval in den Polizeiwagen und fuhren davon. Wie ich später hörte, fuhren sie direkt zum Krankenhaus. Topher half der Dame von der Spanischen Reitschule, Rom in den Pferdetransporter zu verfrachten; er war für die Fahrt schon mit Decken eingepackt worden. Ich sah gerade noch ein mitternachtsschwarzes Auge, dann schlossen sich die Türen, der Wagen fuhr an, und der schwarze Hengst war verschwunden. Und obwohl überall noch Leute herumstanden und redeten, obwohl Chavali an meiner Hand hing, stand ich da und fühlte mich sehr allein.

Chav und Baval mußten beide ein paar Tage im Krankenhaus bleiben. Es war eine schwere Zeit für Chavali.

»Wo ist Rom?« fragte sie mich, als ich sie in der ersten Nacht zu Bett brachte.

Ich war nach allem, was geschehen war, todmüde. »In dem großen Pferdetransporter«, antwortete ich. »Er fährt nach Hause.« *Und wo ist Chav? In einem fremden Zimmer, dessen Fenster wahrscheinlich vergittert sind, und eine Krankenschwester gibt ihm eine Spritze.*

Chavali setzte sich auf; sie trug ihren rosa Schlafanzug und war in ihrem eigenen, gemütlichen Bett. »Und was passiert dann?« fragte sie ängstlich, und ich merkte: Sie braucht eine Geschichte.

Okay. Solang's um Pferde ging, konnte sie eine von mir haben.

»Die anderen Pferde kommen alle aus ihren Ställen, um ihn zu begrüßen«, begann ich langsam und spann die Geschichte beim Erzählen weiter. »Die Spanische Reitschule ist eine große, wunderschöne Ranch mit alten Bäumen und weißen Zäunen und jeder Menge Pferden; alle Arten, Araber und Andalusier und Warmblüter und Mustangs und, äh, Pintos und kleine dicke Ponys. Sie stellen sich alle auf und warten auf Rom, denn er ist ihr Prinz. Sein richtiger Name heißt übersetzt ›Gewaltiges Feuer‹, und er heißt so, weil vor langer, langer Zeit sein Ur-Ur-Ur-Urgroßvater ein Feuerpferd war. Das wußte Rom aber nicht, weil er als Fohlen gestohlen worden war. Sein Vater ist der König aller tanzenden Pferde –«

»Was ist ein Feuerpferd?« wollte Chavali wissen.

Ich hatte eigentlich an eines der Pferde gedacht, die früher die Feuerwehrspritzen zogen, aber inzwischen machte mir die Sache richtig Spaß. »Das ist ein Pferd, das von einem Sohn der Sonne abstammt«, erklärte ich. »Das Sonnenpferd galoppiert über den Himmel, und es ist reines Feuer. Aber vor langer Zeit kamen seine Fohlen herunter auf die Erde, und bei ihnen waren nur die Mähne und der Schweif aus Feuer.«

»Und die Flügel«, schlug Chavali vor.

»Okay, Feuerflügel auch. Aber deren Fohlen hatten keine Flügel mehr. Und *deren* Fohlen hatten nur noch gewöhnliche Mähnen und Schweife und nur noch feuriges Schopfhaar. Und so weiter, bis die Feuerpferde aussahen wie normale Pferde, aber innendrin haben sie immer noch etwas vom Sonnenfeuer. Rom ist eines von diesen Pferden, deshalb ist er ein Prinz.«

»Verneigen sich die anderen Pferde, wenn er nach Hause kommt?« fragte Chavali. »Verneigen sich die ganzen anderen Pferde vor ihm, weil er ein Prinz ist?«

Ich überlegte eine Weile und entschied mich dagegen. »Nein, das nicht, aber sie sind alle sehr, sehr froh, ihn wiederzusehen, weil sie ihn so lieb haben. Sie stupsen ihn mit der Nase an und küssen ihn. Und sein Vater, der König, wird ihm eine Krone aufsetzen.« Meine Geschichte klang langsam elend vertraut. »Sie bestellen einen Lastwagen voller Pizza und feiern ein Fest.«

Chavali kicherte. »Pferde essen doch keine Pizza!«

»Vielleicht würden sie ja gern, es gibt ihnen nur keiner welche. Sie essen Brot, und sie essen Tomaten, warum sollten sie keine Pizza essen?«

»Sie essen keine Peperoni!«

»Sie können die Pizza ja ohne bestellen.«

Chavali lachte, und das war gut so. Ich gab ihr einen Gutenachtkuß und stand auf, doch sie wurde wieder ernst.

»Mag Rom Pizza?«

»Er ist ganz verrückt danach.«

»Dann ist er jetzt glücklich? Er freut sich, daß er wieder bei seinem Vater, dem König, ist?«

»Sein Vater liebt ihn.«

Chavali legte sich hin, aber ich sah ihr an, daß sie noch mehr Fragen ausbrütete.

»Ist sein Vater auch ein schwarzer Hengst?«

Ich beschloß, die Antwort darauf ihr zu überlassen. »Ich weiß es nicht. Welche Farbe soll sein Vater denn haben?«

Sie überlegte lang. Dann meinte sie sehr bestimmt: »Wir rufen an und fragen.«

»Okay.«

»Können wir Chav morgen anrufen?«

»Ja.« Wir würden es tun, ob es möglich war oder nicht.

»Und Baval?«

»Den auch.«

»Kommt Chav bald nach Hause?«

»Ich hoffe es.«

Chav kam als erster wieder nach Hause, drei Tage später, am Dienstag abend. Mein Großvater brachte ihn. Aus irgendeinem Grund hatte mein Großvater angefangen, ihn und Baval und Chavali zu mögen. Damals verstand ich es nicht, aber wer möchte, daß mein Großvater ihn mag, muß sich ihm gegenüber behaupten. Zuerst fand er es zwar gar nicht gut, aber nach einer Weile gefiel es ihm, wie Liana und Topher und ich uns für Chav einsetzten, und es gefiel ihm, daß Chav standhaft den Mund hielt. Inzwischen lag ihm genausoviel daran wie Lee und mir, daß die drei bei uns blieben. Er war auch nicht mehr böse auf mich.

Chavali und ich hatten einige Vorbereitungen für Chavs Heimkehr getroffen. Liana ebenfalls. Alles war bereit, als er zur Tür hereinkam.

Er wirkte müde und verschüchtert. »Hallo«, sagte er, ohne eine von uns richtig anzuschauen. Dann sah er Topher auf dem Sofa sitzen. »Was – äh – macht Ihr Kopf?«

Topher hatte ihn nicht im Krankenhaus besuchen dürfen, nur Lee und mein Großvater.

»Besser«, versicherte ihm Topher.

»Es tut mir wirklich leid.«

»Es tut dir leid, daß es mir besser geht?« Topher versuchte, ihn zum Lachen zu bringen. Es funktionierte nicht.

»Was ich getan habe, tut mir leid.«

»Vergiß es«, sagte Topher. »Streng dich lieber an, damit du bald wieder ganz okay bist.«

»Das muß ich. Die Ärzte sagen, daß es mit der Zeit leichter wird, mit den schlechten Gefühlen umzugehen. Sie sagen, wenn ich mit anderen Leuten darüber rede, regelmäßig zu einem Therapeuten gehe …« Chav ließ die Worte ausklingen. Es hörte sich nicht so an, als würde er auch nur eines davon glauben.

»Chav …« meldete ich mich.

»Hallo, Gray.« Er zwang sich, mich anzuschauen. »Danke für alles.«

»Hör auf mit dem Danke und dem Tut-mir-leid, Blödmann.« Ich grinste ihn an. »Sag mir lieber, was du riechst.«

Er hob den Kopf und schnupperte und warf mit einer raschen Bewegung das Haar aus der Stirn, und einen Augenblick lang sah ich wieder den schwarzen Hengst in ihm. Er sagte: »Pizza.«

»Wieviel?«

»Bitte?« Er durchschaute das Spiel noch nicht.

»Tonnenweise Pizza«, half Liana ihm auf die Sprünge, dabei verdrehte sie die Augen. Ich hatte ihr eingetrichtert, was sie zu sagen hatte. »Gray hat *einen Lastwagen voller Pizza* bestellt. Wir werden die Leute von der Straße holen müssen, wenn wir nicht wochenlang Pizza essen wollen.«

»Einen Last-« Das Wort blieb Chav im Hals stecken. Er riß die Augen auf.

Ich nickte Topher zu, und er stand auf und zog es aus der Tasche, das Stirnband, das Chavali und ich aus Spielgeldmünzen, die wir aneinandergeklebt hatten, gebastelt hatten. Es hatte eine Weile gedauert, bis es so war, wie wir es haben wollten, aber am Ende war es doch wunderschön geworden, fast wie eine Krone.

»Junge«, sagte Topher zu Chav und hielt ihm das Band hin, »wenn ich es richtig verstanden habe, sollen Liana und ich dir das geben.«

Chav starrte ihn an. Er schien weder atmen noch sich bewegen zu können.

»Du mußt es ihm aufsetzen, du Dussel.« Liana nahm Topher das Band aus der Hand und setzte es Chav vorsichtig auf den Kopf. Auf seinem schwarzen Haar glänzte es wie richtiges Gold.

Tränen liefen ihm übers Gesicht.

»Chav?« Lee nahm ihn in den Arm, und er klammerte sich an sie wie ein kleiner Junge. Dann umarmte auch Topher ihn, und mein Großvater sah besorgt drein, aber ich wußte, es war okay. Das waren Tränen von der guten Sorte, der warmen, nicht die Sorte, die an dem Nachmittag neben der Bahnlinie wie Messer in ihm gewütet hatten.

»Pizzazeit!« trompetete ich.

Chav schaute mich mit tränennassem Gesicht an. »Gray«, sagte er, »du bist absolut unmöglich. Ich kann dich nicht ausstehen« – und meinte das Gegenteil.

»Chavali hat mitgeholfen«, sagte ich.

»Komm her, Schwester.« Er kniete sich hin, und sie rannte zu ihm, und er drückte sie ganz fest an sich.

»Wenn nur Baval auch hier sein könnte«, sagte sie.

»Ja, das wäre schön.« Chav hielt sie immer noch fest. »Aber er ist bald wieder okay. Wir haben lang miteinander gesprochen. Er schafft das schon. Und in ein paar Tagen kommt er heim.«

Sie löste sich gerade so weit von ihm, daß sie ihn richtig anschauen konnte, wie er da vor ihr kniete mit der Krone aus Spielgeld auf dem Kopf. »Chav«, fragte sie, »gibt es Prinzen wirklich?«

Er zögerte.

»Ich glaube schon«, antwortete Liana für ihn. »Aber ein Prinz braucht nicht perfekt zu sein. Ich glaube, du hast einen vor dir.«

13.

Tagebuch | *Mrs. Higby*
17. April | *Literatur*
Chav Calderone

Grays Geburtstagsgeschenk ist endlich fertig. Chris hat mir verschiedene Farben von Pferdehaar gegeben, rot und gelb und schwarz und weiß und grau, und ich habe ihr daraus ein fünffarbiges Armband geflochten, wie meine Mutter es für uns gemacht hat. Und ich lege ihr noch mein neues Gedicht dazu. Nach allem, was sie getan hat, kommt es mir nicht genug vor, aber das ist das Beste, was ich ihr geben kann. Ich weiß, es wird ihr gefallen.

Sobald ich kann, mache ich auch Chavali und Liana ein Armband. Mir wäre es am liebsten, sie und Chris würden einfach hingehen und heiraten, anstatt noch zu warten, bis der Anbau an seinem Haus fertig ist. Also, mir würde es nichts ausmachen, eine Weile auf einem Sofa zu schlafen. Ich brauche auch kein eigenes Zimmer. Ich bin so froh, daß ich eine Familie habe, daß ich schon das kaum fassen kann.

In letzter Zeit komme ich mit allem viel besser zurecht. Ich weiß natürlich, daß ich noch einen langen Weg vor mir habe, und ich greife noch ziemlich oft daneben und denke in der Art, die mein Vater in mich hineingeprügelt hat. Aber ich habe das Gefühl, daß ich das noch ändern kann. Ich kann etwas erreichen. Ich habe nicht einmal mehr Angst davor, als

Zeuge gegen meinen Vater aufzutreten – zumindest nicht sehr viel, nicht, wenn Mr. Calderone dabei ist. Ich glaube, er würde seine Bullenknarre ziehen und jeden abknallen, der mir etwas tun oder mich von hier wegholen wollte.

Es ist gut, daß ich mich endlich getraut habe, ihm den Namen meines Vaters zu sagen, weil der doch tatsächlich irgendwelche Idioten angeheuert hatte, die uns suchen sollten. Das muß man sich mal vorstellen! Ich kann's nicht glauben, daß ich allen Ernstes gedacht habe, wir seien sicher vor ihm. Mr. Calderone hat recht. Das Schwein gehört ins Gefängnis. Mein lieber Daddy konnte Schläger anheuern und allen Lügen erzählen und behaupten, wir Kinder würden in Europa zur Schule gehen. Aber was Mutter betrifft, nützten ihm seine Lügen nichts mehr, nachdem die Polizei einen Durchsuchungsbefehl erwirkt hatte und die Leiche fand. Endlich wird er für alles bezahlen, und es ist irgendwo ein gutes Gefühl.

Und irgendwo ein schlechtes. Okay, ich habe Angst – ein wenig. Ich bin froh, wenn es vorbei ist. Aber es ist das Richtige.

Baval will auch aussagen, aber das will ich nicht. Er ist noch ziemlich wackelig innendrin. Die Ärzte sagen, ich soll endlich aufhören, mir für alles die Schuld zu geben, es käme nicht von den ganzen Geschichten, die ich ihm erzählt habe. Sie sagen sogar, daß die Geschichten gut waren, daß sie genau das waren, was er damals gebraucht hat. Und Liana sagt, es waren überhaupt keine Lügengeschichten; Geschichten müssen nicht den Tatsachen entsprechen, um wahr zu sein. An manchen Tagen kann ich sogar das irgendwie glauben.

Das Leben ist erstaunlich. Besser als jede Geschichte, die ich erfinden könnte. Zu all dem Unmöglichen und Verrückten kommt noch hinzu, daß es Mr. Fischel jetzt nichts mehr auszumachen scheint, daß ich ein halber Zigeuner bin. Er sagt hallo, wenn ich vorbeireite.

Und was noch verrückter ist: Minda geht jetzt mit Fischy!

Nachdem sie erfahren hatte, daß er und seine Kumpel sich betrunken und im Suff den Friedhof niedergewalzt haben, nachdem sie mit ihm gesprochen und ihn dazu gebracht hatte, daß er es seinem Vater beichtet, mag er sie jetzt. Er behandelt sie sogar anständig. Ich nehme an, er hat vor ihr noch nie richtig mit einem Mädchen geredet.

Ich möchte wissen, warum Gray glaubt, daß sie nie einen Freund haben wird. Ich bin froh, weil ich mir schon bei der Vorstellung von dieser Art von Liebe ins Hemd mache, nach dem, was mein Vater meiner Mutter angetan hat. Und ich möchte, daß sie immer meine Schwester bleibt. Aber ich will auch, daß sie glücklich ist, und deshalb frage ich mich eben ...

Lassen wir das, die Zeit ist um. Jetzt muß ich ein totes Gedicht sezieren. Halb so schlimm. Sogar Mrs. Higby ist in letzter Zeit erträglich.

⋆ ⋆ ⋆

Es hat sich eine Menge getan. Ich bin vierzehn geworden, das Armband aus Pferdehaar, das Chav mir geschenkt hat, habe ich fast jeden Tag getragen; Liana und Chris haben geheiratet, sie heißt jetzt Worthwine mit Nachnamen; und sie haben Anträge gestellt, damit sie die Vormundschaft für Chav und Baval und Chavali bekommen und uns dann alle adoptieren können. Aber ich muß meinen Namen nicht ändern. Ich werde Gray Calderone bleiben, und Chav ist auch ein Calderone geworden. Er sagt, ihm gefällt der Name einfach, aber ich glaube, es ist vielleicht eher deshalb, weil ich ihn sozusagen als erste adoptiert habe. Das Gedicht, das er mir geschenkt hat, hat mich darauf gebracht. Es geht so:

Ich kam hierher als Narbenprinz
Hungerkönig

Zornesfürst
der auf einem schwarzen Pferd reitet
in der Mitte der Nacht
in der Nacht meines Herzens
in Angst
doch hier
machtest du mich zum Pizzaprinzen
König von Calderone
Fürst von Topher
durch ein Mädchen, das reitet
in mein Herz voller Sonne
mit einer Krone des Glücks
Du brachtest mich nach Haus.

Daß ich dieses Gedicht immer behalten werde, dürfte wohl klar sein.

Es hat sich noch mehr getan: Wir sind umgezogen zum Reitstall. Die Spanische Reitschule hat Chav ein Poster von Rom, ich meine Fuerza Epica, geschickt mit der Anfrage, ob er nicht für sie reiten möchte. Minda hat ein Wüstenspringmaus-Männchen gekauft, das ein Wunder vollbracht und Junge gekriegt hat. Baval und Chavali haben beide eines bekommen. Ich habe Chris geholfen, Rotfuchs, den Vollblutschimmel, wieder zu trainieren, und Chav hat auch mitgeholfen. Chavali hat ein dickes kleines, graubraun geschecktes Pony bekommen. Baval ist gelegentlich mit Dude ausgeritten, weil Minda nicht mehr so oft zum Reiten gekommen ist.

Es ist schon seltsam, wie sich manche Dinge entwickeln. Da verschenkt man ein Pausenbrot oder zwei, und dann das!

Da war zum Beispiel dieser Tag im Sommer, als Chav und ich den Hügel hinaufritten, vorbei am Fischel-Friedhof und entlang der Gleise zur ehemaligen Altland-Farm. Ich mußte ihn immer wieder anschauen, während wir ritten, weil es einfach toll aussieht, wie er auf einem Pferd sitzt. Er trug seine schwarze Jeans, aber ein weißes T-Shirt – das kam damals schon gelegentlich vor, daß er Weiß oder Silber oder Grau zusammen mit Schwarz trug. Ich dachte mir, daß er sich eines Tages mausern und mich mit richtigen Farben überraschen würde.

Wir redeten nicht viel. Chav ritt Rotfuchs, die er allerdings Angel nannte – sie war jetzt sein Pferd. Er mußte sehr konzentriert reiten. Sie verlangte einen guten Reiter, da sie auf den Schienen vor allem Angst hatte, aber genau das ist er ja, ein guter Reiter; er hat einfach ein Gefühl für Pferde. Er scheint auch nie wütend zu werden auf Angel. Auf andere Sachen ja, jede Menge, einschließlich auf mich, aber nie auf Angel.

Und ich? Ich ritt Paradiddel. Ich habe inzwischen wohl schon ein eigenes Pferd – eigentlich habe ich mehrere Dutzend. Ich kann sämtliche Pferde im Stall reiten, und irgendwann habe ich sie auch alle geritten, aber aus irgendeinem Grund komme ich immer wieder zu Diddel zurück, Diddel mit dem Wohlstandsbauch, den Locken und allem, was sonst noch dazugehört. Chav und ich machten nur einen ruhigen Ausritt, keiner versuchte, irgend jemand etwas zu beweisen, deshalb ritt ich Diddel.

Auf der Altland-Farm hatte sich nichts verändert, nur das Gras und die Blumen auf der Wiese waren gewachsen. Wir ritten den Abhang hinunter zu dem leeren Silo, hielten die Pferde an und standen dann einfach da und schauten.

»Es ist nicht mal ein Jahr her«, sagte Chav.

»Mir kommt's viel länger vor«, neckte ich ihn. Das stimmte, aber nur, weil ich das Gefühl hatte, als sei er schon immer mein Bruder gewesen.

Er lächelte kaum merklich. Es brauchte schon noch eine ganze Menge, um ihn zum Lächeln zu bringen.

»Es ist so anders«, sagte er. »Alles hat sich verändert. Damals hab ich nie ...« Er sprach nicht weiter, schaute sich nur um, als könnte ihn irgend etwas anspringen. Durch das Zusammensein mit ihm hatte ich bis zu der Zeit schon gelernt, mein großes Mundwerk gelegentlich zu halten. Ich lauschte auf das Sirren von Diddels Schweif und wartete.

Er sagte: »Damals habe ich nicht gedacht, daß ich – du weißt schon, weiterleben würde. Ich kam mir vor wie ein Papiertaschentuch oder so: benutzen und dann wegwerfen. Baval und Chavali zählten, nicht ich. Ich kam mir vor wie ein Blatt im Herbst.«

Ich wartete weiter.

Chav fuhr fort: »Diese ganze Vorstellung, daß ich ein Leben vor mir habe, etwas werden kann, vielleicht Pferdetrainer oder Dichter oder Songschreiber oder Geschichtenerzähler – es ist so ungewohnt. Ich meine, es ist super, aber sehr, sehr ungewohnt. Ich kann's nicht fassen. Ich kann immer noch nicht glauben, daß es mir mal gutgehen wird.«

»Es wird dir gutgehen«, sagte ich.

»Das hab ich doch gerade gesagt, Doofie.«

»Aber du glaubst es nicht.«

»Okay, okay. Aber was ist mit dir, Gray? Schaffst du es?«

»Hhhhm?«

Er schaute mich über Angels gespitzte Ohren hinweg an und sagte: »Erzähl mir von dem Unfall.«

Er wollte keine Informationen – die Fakten hatte er alle schon von Liana und meinen Großeltern gehört. Seine Stimme hatte einen harten Unterton. Er forderte mich heraus.

Oh, nein. Ich konnte sämtliche Erwachsenen an der Nase herumführen, aber nicht Chav. Für ihn war ich ein offenes Buch, er wußte, wie es in mir aussah, daß ich längst nicht so gut damit umgehen konnte, wie ich vorgab. Die anderen sahen mich tagsüber lächeln; daß ich nachts manchmal immer noch weinte, ahnten sie nicht. Chav wußte es. Nicht, daß er mich je gehört hätte oder so – er wußte es einfach.

»Chav ...«

»Gray, du wirst das jetzt tun. Erzähl mir von dem Unfall.«

»Scheiße!« Ich brüllte so laut, daß Diddel einen Satz nach vorn machte. »Wer glaubst du eigentlich, daß du bist, he?«

»Dein Bruder. Ich tu das, damit du endlich begreifst, daß ich dich hasse und dich nicht ausstehen kann.« Seine Stimme war jetzt wieder weich. »Komm schon.«

Ich wußte, wer er war. Ein Junge, der für seine Geschwister eineinhalb Jahre lang ganz allein die Mutter ersetzt hatte. Jemand, der zerbrochen und durch eigene Kraft wieder heil geworden war, neu und besser. Er war am Boden gewesen und hatte dabei doch immer den Blick zum Himmel gerichtet. Er war Chav. Deshalb erzählte ich es ihm.

»Mein Onkel Dan hatte dieses Boot ...« Ich fing noch einmal von vorn an, weil ich es besser erzählen wollte. »Er hatte ein großes Boot, und er hatte ein Ferienhaus am Champlain-See. Der ist wirklich riesig. Wir wollten alle miteinander hinfahren und das Wochenende dort verbringen, aber ich bin krank geworden. Ich hatte Grippe. Da meinte Lee, sie würde bei mir bleiben, und die anderen sollten alle gehen. Ihr hat das Bootfahren nie so richtig Spaß gemacht, aber wir anderen waren total begeistert. Einschließlich ich. Ich war stinksauer, daß ich ausgerechnet an diesem Wochenende krank werden mußte.«

Meine Stimme fing an zu zittern, doch Chav forderte mich mit einem Nicken auf weiterzumachen. Er schaute mich still und ruhig und ohne zu blinzeln an.

»Es war heiß an diesem Tag, die Sonne knallte nur so herunter, und sie waren mitten auf dem See und sind alle ins

Wasser gesprungen, um zu schwimmen. Alle, auch die kleine Carrie und Cassie.«

Nein, ich brachte es doch nicht fertig. Ich konnte kaum noch sprechen und mußte das Gesicht wegdrehen.

»Gray, hör jetzt nicht auf.« Ich spürte Chavs Hand auf meiner Schulter, warm überbrückte sie die Entfernung zwischen uns. »Mach weiter. Du mußt darüber reden. Du mußt.«

Ich hatte ihn auch schon zu gewissen Dingen gezwungen. Er war vielleicht der einzige Mensch auf der Welt, der ein Recht hatte, mich zum Reden zu zwingen. Und ich spuckte alles aus: »Sie – es war so dumm, sie kamen nicht mehr zurück ins Boot! Es lag zu hoch ...« Egal, wie mein Gesicht aussah, ich schaute ihn an. »Normalerweise wäre Liana dagewesen und hätte ihnen hineingeholfen. Sie schwimmt nicht gern. Es war einfach nie vorher vorgekommen, daß wir alle zusammen ins Wasser gesprungen waren, deshalb hat auch niemand daran gedacht – sie kamen nicht mehr zurück ins Boot. Es hatte zu wenig Tiefgang, und sie erreichten die Reling nicht. Und der See ist so riesig, sie waren zu weit vom Ufer entfernt, und niemand kam vorbei ...«

Es erschien mir wieder so unfair. Wenn ein Sturm aufgekommen wäre, hätte ich es noch verstehen können, aber es war keine Wolke am Himmel gewesen. Ich erinnerte mich wieder, wie ich mit Grippe im Bett gelegen und daran gedacht hatte, was für ein herrlicher Sommertag es war und wie alle anderen sich amüsierten. Wahrscheinlich hatte jemand gerufen: »Wer als letzter ins Wasser springt, ist ein faules Ei!« Und dann waren alle reingesprungen, ohne nachzudenken. Leute, die Spaß haben. Einfach reinspringen.

Und dann – die Erkenntnis. Ich habe mich manchmal gefragt, was sie wohl zueinander gesagt und wie sie reagiert haben. Ob sie wütend waren oder weinten oder sich voneinander verabschiedeten.

Irgendwie hatte ich aufgehört zu weinen. »Sie – sind alle ertrunken«, erzählte ich Chav ruhig. »Mein Vater, meine Mutter, mein Bruder Adam, Onkel Dan und die kleine Cassie und Carrie.«

Seine Augen waren tief und naß wie der See, und sie ließen mich ein – aber es war okay. In Chav würde ich nicht ertrinken. Ihm konnte ich vertrauen. Er war warm. Seine Hand lag warm auf meiner Schulter.

»Manchmal – manchmal frage ich mich: Warum lebst du?«

»Ich für mein Teil kann nur sagen: Gott sei Dank, daß du lebst«, bemerkte Chav leise.

Da mußte ich doch lächeln. Aber ich sagte: »Du weißt, wie ich es meine. Manchmal denke ich, ich hätte bei ihnen sein müssen, hätte auch sterben müssen. Oder: Wenn Liana nicht mit mir daheim geblieben wäre, wäre sie im Boot gewesen und hätte ihnen allen reinhelfen können wie immer.«

»Mach dir keine Vorwürfe«, sagte Chav. »Es war nicht deine Schuld. Schlimme Dinge passieren einfach.«

»Da hast du recht.«

»Du wirst drüber wegkommen.«

»Ja.« Ich mußte.

»Du springst immer noch einfach rein«, meinte Chav. »Und das ist gut.«

Ich starrte ihn an, denn ich hatte nach wie vor Angst vor dem Wasser – auch etwas, über das ich wegkommen mußte –, und er wußte es. Wovon redete er also? Er hatte einen merkwürdigen Gesichtsausdruck, als sehe er Licht am Horizont. Er nahm seine Hand von meiner Schulter und ließ sie schwingen wie ein Flügel.

»Du riskierst etwas«, sagte er langsam. »Du hast nicht zugelassen, daß es ... Du hörst nicht auf zu lieben. Ich glaube – ich glaube, es ist besser, Menschen zu lieben, auch wenn es weh tun kann.«

Für mich war das irgendwie logisch, aber für ihn muß es etwas Wichtiges und Neues gewesen sein. Seine Augen glänzten.

»Du – du erinnerst dich an sie«, sagte er. »Du hattest sie, solang sie lebten.«

»Ja.«

»Ich erinnere mich an meine Mutter. Ich – es ist kein so schlechter Handel.«

»Ja. Aber manchmal bin ich so – du weißt schon.« Wütend, traurig, voller Selbstvorwürfe, die ganze Palette.

Er wußte es. »Das nächste Mal sagst du Bescheid, wenn du dich wieder so fühlst, okay?«

»Okay.«

»Versprochen?«

»Ja. Ich sag dir Bescheid, wenn's mir dreckig geht.« Es hatte Zeiten gegeben, da konnte ich es Liana nicht sagen, weil sie selber noch so voller Trauer steckte, aber Chav konnte ich es sagen, er war stark.

Er schaute mich immer noch an, als überlege er, was er noch sagen könne. Doch Angel wurde langsam richtig ungeduldig und versuchte auszubrechen, aber das war mir ganz recht. »Magst du ein bißchen galoppieren – nur Handgalopp?« fragte er mich.

Ich wollte. Urplötzlich fühlte ich mich rundum gut, so leicht im Sattel, als könnte ich ewig reiten. Wir galoppierten die Wiese wieder hinauf, und ich ließ die Zügel fallen und breitete die Arme aus und spürte den Wind nicht nur auf dem Gesicht, sondern auch im Herzen. Chav schaute mich an und grinste und sagte kein Wort. Er verstand.

Als wir oben ankamen, ließen wir die Pferde wieder im Schritt gehen. Angel war viel zu nervös, als daß man mit ihr über die Eisenbahnbrücke hätte reiten können. Wir schlugen die andere Richtung ein, heimwärts.

»Was willst du mal machen, wenn du mit der Schule fertig bist?« wollte Chav wissen.

»Ich weiß es noch nicht.« Das wäre eigentlich eine Frage für ihn gewesen. Er war derjenige, der kaum an die Zukunft glaubte. »Wirst du mal zu der Spanischen Reitschule gehen? Rom besuchen?«

»Vielleicht.« Pause. »Würde mir gefallen.« Wieder eine Pause. »Weißt du, was ich noch gern machen würde? Du darfst aber nicht lachen.«

»Tu ich auch nicht. Was?«

»Ich hätte mal gern was Eigenes, eine Farm oder so mit allen möglichen Tieren. Pferde, Ponys, Esel, Hunde, Katzen, Fledermäuse, Ratten, Beutelmäuse –«

Jetzt wollte er mich zum Lachen bringen. »Känguruhs«, schlug ich vor, »Springmäuse.« Ich wußte aus eigener Anschauung, daß es in letzter Zeit keinen Mangel an Springmäusen gab.

»Klar, Springmäuse natürlich auch. Hamster. Igel. Meerschweinchen.« Aus irgendeinem Grund lächelte er, ein echtes Lächeln, das bis in die Augen reichte – sie waren sternenhell. »Nicht nur schwarze Tiere«, sagte er, »alle Farben.«

Ich schaute ihn an. »Schwarz gefällt mir.«

»Rom fehlt mir«, sagte er, »aber eines Tages ist Angel genauso gut.« Vor uns lag ein offenes Kleefeld. Chav warf mit einer Kopfbewegung die Haare aus der Stirn, bereit zum Galopp.

»Hey, Gray! Auf geht's!« Und er ließ Angel im gestreckten Galopp in die Sonne tauchen.

Nancy Springer

Wildfeuer

Eigentlich könnte alles ganz einfach sein zwischen Jenny und Shanterey, die mit ihrer Familie ins Haus nebenan eingezogen ist. Beide lieben Pferde, träumen vom Reiten und haben auch sonst viel gemeinsam. Aber Jenny, die Ich-Erzählerin dieser Geschichte, ist ein »ganz normales Mädchen«, nämlich weiß – Shanterey dagegen ist schwarz, und das ist in einer Kleinstadt in Pennsylvania alles andere als normal.

In der Schule wird Shanterey schikaniert, und um ihre Freunde nicht zu verlieren, macht Jenny eine Weile lang mit. Aber ihre Begeisterung für Pferde bringt die beiden schließlich doch zusammen; sie werden Freundinnen. Jenny ergreift nun offen Partei für Shan...

Ab 10 Jahren, 115 Seiten

aare